ダニー・コリンズ

カナダ出身の作家。高校生のころにロマンス小説と出合い、小説家という職業はなんてすばらしいのだろうと思ったという。以来、家族の反対や“普通の”仕事に追われながらも、さまざまなジャンルの執筆に挑戦し、ついに念願叶ってハーレクインからデビューすることになった。まるでロマンス小説さながらの、ハッピーエンドを生きている気分だと語る。

主要登場人物

アレクサンドラ・ザモス……………社交界の華。愛称サーシャ。

アンソン・ハンボルト………………サーシャの継父。

ウィニフレッド・ハンボルト………サーシャの母親。

ラファエル・ザモス…………………サーシャの夫。〈ザモス・インターナショナル〉CEO。

ジオ・カゼッラ………………………ラファエルの取り引き相手。

モリー・ブルックス…………………ジオの秘書。サーシャの親友。

エリザベス・ブルックス……………モリーの妹。愛称リビー。

パトリシア・ブルックス……………モリーの母親。

コウノトリが来ない結婚

ダニー・コリンズ 作
久保奈緒実 訳

ハーレクイン・ロマンス
東京・ロンドン・トロント・パリ・ニューヨーク・アムステルダム
ハンブルク・ストックホルム・ミラノ・シドニー・マドリッド・ワルシャワ
ブダペスト・リオデジャネイロ・ルクセンブルク・フリブール・ムンバイ

THE SECRET OF THEIR BILLION-DOLLAR BABY

by Dani Collins

Published by Harlequin Japan, a Division of K.K. HarperCollins Japan, 2024

プロローグ

指の骨が押しつぶされそうだ。痛みは意識の覚醒を促したけれど、サーシャことアレクサンドラ・ザモスは現実世界に戻りたくなかった。そこは痛みばかりだったからだ。

それでも目を開け、継父を見た。彼が強すぎる力で手を握っていたのだ。いつものことだった。なにかにつけて彼は継娘を残酷に支配した。

反発しようと彼女は弱々しい声をあげた。

「目が覚めたわ、看護師さん!」ハイヒールの音とともに、母親の声が遠くなっていく。

それもまたいつものことだった。ウィニフレッド・ハンボルトは必ずサーシャがいちばん弱っているときに背を向ける。そんな母親が嫌いだった。

この憎らしい二人から逃れようと新しい生活に自ら飛びこんだのに、サーシャは新たな苦しみにとらわれていた。

ラファエルはどこ? どうして私を両親から守ってくれないの?

病院にいることに気づき、彼女は動揺した。自分は死ぬのかもしれないという恐怖のあまり、もう一度意識を失ってなにもわからない状態になりたいと願ったそのとき、ラファエルの声がした。「彼女に会わせてくれ」近くの部屋から聞こえてきた彼の厳しい口調に、サーシャの感情はふたたび揺れ動いた。

全身で安堵《あんど》したのは継父がようやく手を放したからだ。サーシャは彼をファーストネームのアンソンと呼んだことがなかった。そう呼ぶと執事扱いをされたといって、相手がいらだったからだ。

しかし今、サーシャが警戒していたのは夫のほうだった。ラファエル・ザモスは恐るべき男性だ。嫌いな継父と違って会うのは怖くなかったけれど、ラファエルは簡単にサーシャを破滅させることができた。いいえ、すでに破滅させてしまったと言ってもよかった。

〝僕を愛しているだと？〟

〝それは契約に含まれていない〟

そのとおりだった。長い間、サーシャはラファエルに対して警戒を怠らなかったのに、時がたつにつれて心の壁はいつの間にか少しずつ崩れていた。そして心がじわじわと浸食されていった結果、夫のどんな些細《ささい》な言葉も、それがどれだけやさしかったとしても短剣となって突き刺さるようになった。

つまり、私はあまりにも傷つきやすい自分をさらけ出してしまったのだ。なんという過ち！　夫は毎朝プロテインを求めるように権力を求め、妻を愛する以上に権力を愛していた。ラファエルに心を差し出す前に、そのことに気づくべきだった。

もう前と同じ生き方はできない。絶対に無理だ。

「シニョーラ・ザモス？」看護師がほほえみ、サーシャの上にかがみこんだ。「光を目にあてますね。いいですか？」

シニョーラ？　ということは私たちはまだローマにいるの？　両親がいるのでアメリカなのかと思った。どうしてこんなに早くやってきたのかしら？

わけがわからず、サーシャは身をよじろうとしたけれど、看護師が彼女の目をのぞきこんだ。

「なにがあったんですか？」声はすっかりかすれていた。

「交通事故です。あなたは脳震盪《のうしんとう》を起こしたんですよ。自分の誕生日は言えますか？」

交通事故？　いつ？　イベントのあとかしら？

「思い出せません」サーシャは事故のことを言った。最後に覚えているのは、夫に対して正直になるほんのわずかなチャンスをつかんだことだ。彼が自分を愛していれば、なにもかもまるごと受け入れてくれるのではと思っていた。

しかし、愛は二人の契約に含まれていなかった。夫の望む妻になろうと懸命に努力していたのに、彼は自分を愛していなかったと知って、サーシャは打ちのめされた。だから、すべてを明かさなかった。

「誕生日を覚えていないの？」母親がベッドの反対側から顔をのぞかせ、サーシャはたじろいだ。

「ご遠慮ください」看護師がウィニフレッドに場所を空けてくれるよう手ぶりで指示する。

だがウィニフレッドは動こうとせず、娘に顔を近づけて大声を出した。「私は覚えてるでしょう？あなたの母親よ、アレクサンドラ」

いいえ、違うわ。サーシャは思った。目の前の女性が母親らしかったことなど一度もなかった。本当の母親がどういうものかならわかっている。私は経験できなかったけれど。

「シニョーラ・ザモス、あなたのお母さまのお名前を教えてください。どこにいるかわかりますか？」

看護師の英語は、サーシャの勘違いでなければイタリア語とタガログ語がまじっているように聞こえた。彼女はアメリカに帰国させられたわけではないと信じながらも、両親から逃れるすべを思いついた。私が両親だと認めなければ、二人は居場所がなくなるんじゃないかしら？

「いいえ」長年支配されてきた不信感をこめて、サーシャは答えた。「彼らが誰なのかわかりません」

「僕のことは？」緊張した男らしい声に看護師が一歩下がり、ラファエルの姿が見えた。

彼は車椅子に乗っていた。整った浅黒い顔半分にはあざがあり、目は腫れあがり、唇は切れている。腕は肘から手首まで包帯が巻かれ、脚はギプスでまっすぐに固定されていた。

サーシャは恐怖で口がきけず、熱い涙がこみあげた。私は彼を嫌いになりそうなほど傷ついた。でもまだ愛しているから、怪我《けが》をした姿を見るのは耐えられない。危うく夫を失うところだったんだわ!

けれど、私たちの間に愛はない。

ラファエルは自分の企業帝国の後継者となる子供を望んでいた。彼が必要としていたのは妻ではなく、妻の財産と代理母が宿した赤ん坊だけだった。

モリーは私たちと一緒にいたのかしら?

サーシャは不安と混乱に駆られてあたりを見まわし、事故の前後を思い出せなくてあわてた。

「今日は何曜日?」昨日、私はモリーに電話するとメールした。今日はイベントの翌日なの?

ああ、もし赤ちゃんになにかあったら……。

そう思うと耐えられなかった。彼女は腕で目をおおい、現実を遠ざけようとした。

「アレクサンドラ」ラファエルがうなった。「僕を見るんだ」

誰かが車椅子をベッドに近づけたのだろう、彼がサーシャのぐったりした手を取った。ハンボルトに握りしめられてまだしびれている手が、ラファエルの温かな手にそっと包まれ、彼の胸の真ん中に引きよせられた。

意識するよりも先にサーシャはラファエルを見た。自分の手を握っているだけで彼の顔が苦痛にゆがんでいるのに気づき、心配になる。

夫を楽にしようと、彼女は手を引っこめた。

車椅子の背にもたれ、手を膝に置きながら、ラファエルがときおり黒にも見える暗褐色の瞳に怒りの炎を浮かべた。その口元は失望したように引き結ばれていた。

ラファエルのまつげが男性にしては長く豊かなのを、サーシャはいつも不公平だと思っていた。自分はまつげのエクステンションのためにサロンに通わなければならないのに、夫には生まれつき美しいまつげがあるなんて。しかし今、彼の顎には二、三日分のひげが伸びていた。頬はこけ、目は睡眠不足なのか落ちくぼんでいる。

そして、サーシャは夫の魅力的な暗褐色の瞳に吸いよせられた。

「僕が何者かわかるか？」彼がきいた。

それはどういう意味の質問だったのか？

サーシャは小さく首を振った。彼女は夫がどういう人なのか知らなかった。二人は互いに正直だったけれど、心は通じ合っていなかった。思っていることは決して口にしなかったからだ。

ラファエルの顔に苦しげな表情が浮かんだ。彼がまたサーシャの手に手を伸ばし、指を指にからめた。

どちらも負傷した痛みに苦しんでいたが、二人の間にはまだ情熱の火花が散っていた。

「僕は君の夫のラファエルだ」彼が言葉を切り、サーシャが理解するのを待った。

夫から身を守りたいという弱々しい願いがこみあげ、サーシャは記憶喪失のふりを続けたくなった。記憶をなくしたふりをすることはこの瞬間、過剰な要求をしてくる人たちを遮断できる、強くて使いやすい盾に似ていた。そこで彼女はわざと顔から表情を消した。

ひょっとしたら、そんな選択をした裏側には警戒心と好奇心があったのかもしれない。サーシャは久しぶりに力を取り戻した気分だった。手に入れた万能の切り札を今はまだ捨てたくなかった。

これほどの打開策を思いついたのは――。

彼女は思い出すのもつらい記憶を追い払った。

ラファエルの手から手をどけるのよ。サーシャは自分に言い聞かせた。けれど、彼女は夫の手に触れられるのが大好きだった。

そこが欠点だった。結婚したばかりのころは、ラファエルとの間には欲望があればじゅうぶんと思っていたけれど、間違っていた。彼と過ごした記憶は体にまとわりつき、息ができないくらいにサーシャをきつく締めつけていた。

「目が覚めてよかった。心配していたんだ」ラファエルの声は誠実に聞こえたが、彼女はあまりうれしいとは思わなかった。夫はまわりで見ている人たちが期待するものを見せてやろうというタイプだったからだ。「僕たちはいつ家に帰れるんですか？」彼が看護師に尋ねた。

サーシャは夫の手を振りほどいた。ラファエルがまた鋭い視線を向ける。

「この子は私たちと帰るのよ」母親が口を挟んだ。

「そうでしょう、あなた？」

「ああ。この子は混乱している。必要なのは母親だ」ハンボルトがきっぱりと言った。

サーシャは吐きそうになった。

彼女は看護師と目を合わせた。「あの……」口を開いたとき、ラファエルがハンボルトに言った。

「アレクサンドラは僕の妻だ。彼女は僕と一緒にアテネの家へ帰らなければならない」

「君に娘の世話はできんだろう」ハンボルトが怪我をしたラファエルのようすを手で示した。

「移動しても問題がなくなるまでは一日か二日かかるでしょう」看護師が急いで仲介に入った。「すぐに決断する必要はありません。検査もありますから。今は休ませてあげてください」そしてサーシャの両親を病室から連れ出した。

ラファエルはそばに残っていたものの、サーシャは目を閉じて彼から顔をそむけた。

小さく悪態が聞こえたあと、夫の車椅子が遠ざかっていく音が聞こえた。

1

三年前……。

ラファエル・ザモスは生きていくためにどんな環境にも適応してきた。

今夜はオーダーメイドのタキシードを着て、ニューヨークのあるホテルの舞踏室に足を踏み入れていた。黒のミニドレスの若い女性がタブレットに表示されたリストで名前を確認しようとすると、彼は冷静かつ感情のない視線を向けた。

「すてきな夜をお過ごしください」女性はどうにかそれだけ言って彼を通した。

これが権力のおもしろいところだった。多くの場合、権力とは他人が与えてくれるもので、大事なのはこちらにはあふれんばかりにあると思わせることなのだ。

ラファエルは望むだけの権力を持っていなかった。今後も持てるとは思わない。幼いころは権力をふるわれる側にいることが多かったので、二度と誰の言いなりにもならないために権力に対してはとどまるところを知らない渇望を抱いていた。

だから、今夜はここに来たのだ。ギリシアのライバルたちはラファエルを脅威とみなし、全力でつぶしにかかっていた。彼はまたしても身のほど知らずな成功をおさめるじゃまをされていた。

ラファエルは血で血を洗う戦いを乗り越えて生きてきた。それでもテーラードスーツが鎧《よろい》の一種であり、すばらしい人脈が鉄壁の盾になるのは理解していた。ほかの会社の力を借りるのは嫌いだが、パートナー契約を結べば戦略的に考えて国際貿易における自社の地位が強化される。ギリシアには賛同者がいなかったものの、アメリカの実業家からは好意的な反応が返ってきた。

こういうパーティに集まる俗物たちにとけこむのはかなりむずかしい。彼らはまがいものの匂いをかぎ分ける。その証拠にシャンパンを受け取って以来ずっと、ラファエルは宝石を身につけた中年の妻を従える禿《は》げあがった大柄な男たちから怪しまれていた。数少ない若さあふれる女性たちはおそらく男たちにとっての戦利品なのだろうが、今夜のパーティは愛人を披露するためのものではなく、政治活動への寄付を集めるのが目的だった。

それにしても、彼女はいったい何者なんだ？

ラファエルは腹部に一発食らったような気分で、舞踏室の中央に現れた二十代なかばらしきブロンド女性に目を奪われた。彼女のドレスの生地はねじれるように片方の肩から胸、そして胴体をおおい、レースのスカート部分は透けていて脚が見えた。胸の部分はスパンコールでおおわれていて、かろうじて慎みを保っている。しかしヒップは透けていた。

まさに眼福で、女性のすべてが欲望をそそった。女性に気づいているのはラファエル一人ではなかった。誰もが振り向いては目をみはった。音楽も一瞬とまり、部屋の隅からはののしり言葉も聞こえた。

スカート部分が鐘のようにふくらんだドレスを着た五十代らしき女性が、ブロンド女性につめよった。

相手の言葉が聞こえていないのか、ブロンド女性が関心のなさそうな笑みを浮かべて部屋を見渡した。そして、ラファエルと目が合った。

彼はまた腹部に一発食らった気がし、胸から下腹部にかけてがかっと熱くなった。彼女は僕のものだ、と思った。それは本能の声だった。

誰もが視線を交わし、二人の女性の間でどんなやりとりがなされているのかうかがっている中、ラファエルは彼女たちに歩みよった。ブロンド女性の体の曲線はすばらしかった。彼女がよそよそしい表情をやめ、ラファエルへの関心を顔に浮かべた。

「やあ、ダーリン。君を待っていたんだ」彼がそういう口説き文句を使うのが好きなのは、招待された印象を与えられるからだった。歓迎しようとした年配の女性があっけに取られた顔をする。

年配の女性は英語のアクセントにもとまどったのだろう。母親がルーマニア人のラファエルは子供のころからギリシア語を話し、英語はインド系のオーストラリア人から学んだ。したがって、英語圏の人々は絶妙な違和感を覚えるらしい。

「君は美しいな。踊らないか?」彼は誘った。

ブロンド女性が豊かなまつげで目を隠したあと、カラーコンタクトであろうアクアマリン色の瞳をあらわにした。ラファエルは、彼女が自分のセクシーな魅力を自覚しているさまに引きつけられた。

「ダンスはディナーのあとよ」年配の女性がたしなめた。

そのとたん、ラファエルは年配の女性を軽蔑した。じゃまをされたのが気に入らなかった。

幸い、ブロンド女性も同じ気持ちだったらしく、ラファエルに手を差し出した。長い爪は濃い紫色にぬってあった。「いつ誘ってくれるのかと思っていたわ」

もしラファエルが運命を信じる男だったら、これをひと目惚《ぼ》れと呼んだだろう。だが実際は欲望を覚えたにすぎない。この女性は人の注目を集める方法を知っているだけでなく、その魅力でうっとりさせていた。

二人はセッティングされたテーブルとざわめく群衆の間を通り抜け、ダンスフロアまで行った。ダンスフロアには舞台があり、演台が準備されていた。その後方ではオーケストラがゆったりとした曲を演奏していた。

ラファエルは女性の腰から背中に手をすべらせた。彼女が踵《かかと》の高い靴をはいているので、二人の目線は同じだ。女性がラファエルの首に両腕をまわすと、彼も腕をまわして彼女の細い腰と自分の腰を密着させた。その感触に女性がほほえむ。

「すごいドレスだね」

「それってあなたの感想?」彼女がほんの少し近づき、ラファエルをいっそう刺激した。

「ここにいる全員がそう思っているんじゃないかな」彼も同じだった。この女性はニトログリセリンだ。細心の注意を払わなければならないとしても、僕は彼女を瓶につめて永久に所有したい。

「誰が着ているのかも大事だわ」女性の指先がラファエルのうなじをなぞった。くすぐったい触れ方に、彼の頭皮を含めた全身がこわばった。

「君はここにいるべき存在じゃないんだろう? 地上へようこそ、天使さん」

「あなた、このパーティに押しかけてきたのね?」女性があきれたそぶりをした。「私は恋に落ちただけ」まつげをしばたたき、愛撫《あいぶ》するようにラファエルの肩と胸に視線を走らせた。

彼は女性をしっかりと抱きしめた。相手が息をのみ、驚きのにじむ熱い視線をこちらにそそぐのを楽しむ。彼女は、自分が僕に与えているのと同じ効果を僕から受けているという事実にとまどっている。

とてもいい気分だ。

「あなたは私が誰なのか知らないのね?」女性が不思議そうにきいた。

「天使か女神なんだろう?」

「悪魔のほうが近いかも。でも私は招待されただけじゃなく、それなりのものを身につけるよう厳命されているの。二番目の父が寄付の額をたたえられて賞を受け取るとき、母と一緒に後ろにいることになっているから」

女性が挑発的な格好をしている理由に、ラファエルは引きつけられると同時に警戒した。だがひるみはしなかった。「シャンパングラスより決闘用のピストルが欲しそうな、あの男は誰だい？」幼いころから標的にされるのは日常茶飯事だった。話題にした男はラファエルとほぼ同じ三十歳くらいに見えた。僕以上に裕福で人脈に恵まれていそうだが、負ける気はしない。

「親が選んだ女性と結婚する人が〝男〟なの？　あの人、まだママに下着を買ってもらってるのよ」

「君の婚約者なのか？」どちらでもかまわなかったが、ラファエルの手に無意識のうちに力が入った。

「まだ違うわ」女性の指先が彼のうなじから上へ向かい、髪に差し入れられた。「今すぐキスして」

彼女はなにか目的があって僕を誘惑している。ラファエルは気づいていたものの、スリルを味わいたくて喜んで唇を重ねた。

唇と唇が触れ合った瞬間、熱い電流のような衝撃に襲われた。いつもなら紳士として女性に主導権を譲るのだが、今回は相手のやわらかな唇をより深くとらえたくて首をかしげた。踊るのをやめて女性の頭を包みこむとキスを深め、彼女の唇の形や舌の感触、エロティックな味を覚えた。

そして彼女にも自分を刻みつけるため、できる限りのことをした。

私を奪って。私のすべてを。全部。

相手のなにもかもを捧《ささ》げようとする意思が伝わってきて警戒心がつのっても、舌が舌にからみついたとたん下腹部に雷に似た一撃が走り、ラファエルの頭の中が真っ白になった。熱心にキスに応える彼女に感化され、自分の内なる野蛮人を解放する。

女性は強烈で危険な相手だった。彼女のせいで苦労して得たものをすべて失うとしても、すさまじい欲望に駆られていたラファエルは気にしなかった。彼女の指はジャケットに食いこみ、ラファエルを引きよせてもっともっとと要求していた。彼女にならば自分の血を最後の一滴まで搾り取られてもかまわなかった。

女性の両親やほかの人々が見ているダンスフロアの真ん中で、セックスをする気になっていた。それが彼女の狙いだったのか？　見世物になることが？

ラファエルは顔を上げ、口紅がはみ出した女性の唇を見つめた。「僕を利用したな」その言葉は非難ではなかった。興奮した体を隠すため、彼女の腰を自分に押しつけた。

「違うわ」彼女がラファエルの顎に息を吹きかけ、曲線を描く体を積極的に押しつけた。まばたきをする姿には、彼と同じくらい先ほどのキスに圧倒されたことが表れていた。「どんな感じか知りたかったの。騒ぎになったのは予想外だったけど、よかったわ」

その言葉を信じていいのか確信は持てなかったが、ラファエルの本能は今すぐこの女性と一つになりたいという根源的な願いに支配されていた。

「行こうか」その言葉は命令であると同時に質問でもあった。彼女は本当に僕と同じくらい夢中になっているのか？　保守的な女性たちの中でめだつのをやめ、次の段階に進む気があるのだろうか？

「いつ言ってくれるのかと思っていたわ」彼女がラファエルの袖を撫《な》で、彼の手を握りしめて歩き出した。進むにつれて、まわりから驚きの声があがる。

ビジネスパートナーを見つけるチャンスを失いかけていても、目の前の女性がここにいる理由のすべてになった今、ラファエルは気にならなかった。今夜のパーティに問題なく参加できるよう、彼は同じホテルのペントハウスに滞在していた。カードをかざすと、エレベーターは上へのぼっていった。

「君は何者なんだ？」ラファエルはきいた。

「したいのは話なの？」彼女が彼の腕に身を任せた。

ラファエルは話などしたくなかった。見ず知らずの相手とはベッドに行かないと決めていたが、彼女にキスをしたい衝動に負けてしまった。権力と欲望は同じコインの表と裏だ。両方は手に入れられない。

ラファエルは欲望に負けまいとしたが、彼女がふたたび彼を抱きしめた。ラファエルは全身で彼女を求めていた。もし避妊具を持っていたら、エレベーターの中で彼女を奪っていただろう。

音が鳴ってエレベーターのドアが開くと、ラファエルは彼女をせきたててペントハウスへ入った。

彼女を壁に押しつけ、途方もない情熱に身を任せるうち、二人の相性がいいのがわかった。体が燃えるように熱くなる中、ボタンを引きちぎらんばかりに引っぱって真新しいジャケットを脱ごうとする。

彼女がラファエルの肩からジャケットを押しのけ、シャツのフリルの間にあるボタンをさがしはじめた。

彼女の肌に触れるのはそれより簡単だった。ラファエルは蜘蛛《くも》の巣のようなドレスのスカート部分を持ちあげた。スカート部分は長く、生地は心地よいほど冷たくやわらかかった。最終的に手に触れたなめらかな腿と同じくらいすてきな感触だった。

女性がキスをやめて息をのんだ。

「だめかな？」それなら僕は死んでしまう。

「いいえ、いいの。続けてほしいわ」彼女が欲望に震える声で答えた。

ラファエルは動物的なうなり声を抑えられなかった。彼女はとてもやわらかく、なめらかで、温かく、とても女らしかった。そしてベージュのTバックショーツを身につけていた。

ショーツをなぞるにつれ、淡い紫色のスカート部分がラファエルの手首にまとわりついた。ヒップに軽やかに模様を描くと、彼女が震える息を吐き、唇を噛《か》んで目をうるませた。

「これが欲しいかい?」彼が低い声で尋ねた。

「すべてが欲しいわ」彼女がささやいた。「話すこと以外のすべてが」

ラファエルは鼻から息を吐いた。「やめてほしくなったら言ってくれ。でなければ最後まで進んでしまうから」

女性がため息をついた。「わかったわ」次の瞬間、彼はふたたび相手の唇を奪った。同時にTバックショーツを引き裂き、脚のつけ根をさぐった。

ラファエルがてのひらを下腹部に押しあてたとたん、彼女がびくりと体をはねさせ、唇を重ねたままうめいた。彼女が体を押しつけてくるのを待ってから手を動かすと、その場所はすでにうるおっていて、ラファエルは興奮で頭がくらくらした。震えながらうめき声をあげる彼女はすばらしかった。

あまりに欲望が高まっていたラファエルは、彼女を床に横たわらせて一つになってもよかったが、どうにか自制心を発揮した。もし彼女が僕のすべてを望むなら、与えることはできる。それでも、僕は力を失いはしないだろう。ここで優位なのは彼女ではなく僕なのだ。

そのことを証明しようとラファエルがさらに下腹部を愛撫すると、彼女が喉の奥から声をもらした。ラファエルのシャツをつかんで背を弓なりにし、キスをしたまま奔放にうめきつづける。

そのようすはとてもすてきだった。ラファエルはふたたび彼女の熱くうるおった場所に大きなてのひらを押しあて、彼女がのぼりつめて体を震わせる間、腰が揺れないようにした。彼女は脈も鼓動も途方もなく激しく、興奮の証《あかし》への刺激はとてつもなかった。それでも、彼は限界に達するのを自分に許さなかった。今はまだ。

〝僕を利用したな〟見知らぬ男性からはそう責められた。そのとおり、サーシャは母親の面目を失わせたくて彼のそばにいた。

しかし、男性はサーシャにキスをした。

今、彼女が男性のそばにいるのは自分が知らなかった快楽を知るためだった。舞踏室に足を踏み入れたときは、まるで瓶に閉じこめられた妖精のように閉塞感にとらわれていた。息をするのもやっとだったけれど、この瞬間は胸を躍らせ、有頂天になっていた。

サーシャは予想もしていなかった方法で自由を知り、ベッドをともにすることについての悩みからも解放されていた。自分の美しさとセクシーな魅力は相手と距離を置くための手段でしかなかったから、ありがたいとは思っていなかった。うれしいとも感じなかった。

今までは。

この見知らぬ男性が、体を使うとどんなことができるかを教えてくれるまでは。

キスとゆっくりとした愛撫で、彼はサーシャに官能を受け入れるだけでなく、自由に表現する方法を教えた。彼女は彼のむき出しの胸を手で撫で、舌を繊細に吸った。

野性的な反応を引き出すのは恐ろしかったけれど、サーシャは前へ進みたかった。どうせ一夜だけの出来事だ。彼が永遠に私をもてあそぶわけじゃない。

男性は、話をしたくないというサーシャの言葉に賛成した。そして人生が変わるほどの至福を味わってぐったりしているサーシャを抱きあげ、寝室へ運んだ。彼女をベッドの脇に立たせると、浴室から避妊具の箱を取ってきて、マットレスに放り投げる。

朦朧《もうろう》とした意識の中、サーシャは髪を持ちあげて隠されていたドレスのファスナーを男性に見せた。

彼がファスナーをゆっくりと下ろしながら彼女の背骨に沿ってキスをしていき、熱い吐息を吹きかけた。

震えながらサーシャはドレスを脱いで靴から足を抜いた。Tバックショーツはすでになく、ベッドにすべりこんで男性に向き直った。

男性が彼女から目を離さず、ズボンとボクサーパンツをいっきに脱ぎ捨てた。その体はとてつもなく興奮している。表情はかろうじて理性を保っているという感じだ。

彼がマットレスに両手と両膝をついておおいかぶさろうとしたとき、サーシャは怖くなって後ろに下がった。手は本能的に彼の胸を押していた。

男性が固まった。「気が変わったのか？」

「わからないの」彼とはベッドをともにしたかった。しかし、男性と一つになるのがどれほど心をさらけ出す行為なのかを忘れていた。どれだけ圧倒されるか、どれほど自分がもろくなるかを。

「かまわない」男性の顔から表情が消えた。「がっかりはしたが、怒ってはいないよ」彼が体を離したので、望むならサーシャはベッドから出ていけた。

しかし皮肉にも、男性がこの段階でもやめようとしたことで、サーシャはいっそう彼を信じるようになった。

どうするの？　このまま一生誰ともベッドをともにせずに過ごす？　あれはもう八年も前の出来事だ。目の前には私にじゅうぶんな敬意を払ってやめてくれただけでなく、これまでに経験のない喜びを与えてくれた男性がいるのに。

「あの……」サーシャは咳《せき》ばらいをした。「私が上になってもいい？」

男性が仰向けになり、頭の後ろで手を組んだ。

「どうぞ」

「緊張したら、またやめるかも」彼女は警告し、スポーツ選手のような筋肉と張りのある日焼けした肌に目をやった。男性は肩幅が広く、腹筋が割れていた。胸毛は下へいくにつれて細くなっていた。

腿も同じくらい日に焼けていてよく鍛えられていたが、サーシャの視線を引きつけはしなかった。彼女は男性の下腹部に目を奪われていた。ためらいがちに手を伸ばしてそっとなぞると反応が返ってきて、愉快になると同時におびえた。

「君はバージンなのか？」彼が当惑して尋ねた。

「いいえ」サーシャはくぐもった笑い声をあげた。もし彼が私の過去を知っていたら、そんなことは言わなかったはずだ。「違うわ、久しぶりなだけ」

サーシャがにじりよると、男性が彼女を自分の上にのせた。彼は退廃的な熱い砂浜を連想させた。その上で体を揺らすと、南国で波とたわむれているみたいなエロティックな感覚を味わえた。なめらかな筋肉は彼女の中のもっとも原始的な本能を呼び覚まし、興奮の証は脚のつけ根をからかうようにかすめている。キスをしようと顔を近づけたとき、下腹部は彼が欲しくてうずいていた。

もう迷いはなかった。あまりにもすばらしい経験だったからだ。サーシャはゆっくりと深く二人の唇を合わせた。

しかし、男性の両手を自由にさせたのは間違いだったようだ。彼はそのことを最大限に活用してサーシャの背中とヒップをやさしく撫でたあと、おなかから胸に力強く手をすべらせた。

次にゆっくりと背中をてのひらでなぞり、サーシャの情熱をかきたてた。その間空いているほうの手が腰をたどって胸に向かうと、彼女は相手の意図をくみ取って愛撫がしやすいように体をひねった。

そしてうめき声をあげ、さらなる喜びを求めて身もだえした。もっと触れてほしかった。親指で胸の先を刺激して、親密で罪深い愛撫を与えてほしかった。

サーシャは男性の腰の上で膝立ちになり、避妊具の箱に手を伸ばすと、一つを取って差し出した。

「いいのか？」男性がきいた。

サーシャはうなずいた。

男性がサーシャをじっと見つめながら、避妊具を受け取り、包みの端を噛んで破った。それを装着するのを見て、彼女の脳裏に古い記憶がよみがえる。だが彼がサーシャの下腹部に手で触れた瞬間、彼女はなにも考えられなくなり、まばたきをして目を閉じた。彼の親指に軽くなぞられて、花が開いたような気分になっていた。

欲望が渦巻き、腰が揺れる。サーシャはより深い触れ合いと、この男性しか与えられない喜びを求めていた。

「準備ができているならきてくれ」そのくぐもった声はとても深みがあって魅惑的だった。

身動きせずに待っている男性の興奮の証に向かって、彼女は腰を落とした。体を押し広げられていく感覚は愛撫に似ていて、喜びのこもったやわらかな声がもれる。彼と一つになっているという事実に口もきけず、頭がくらくらした。

サーシャは両手を男性の胸に置いて彼の目を見つめた。大きく開いた瞳孔は豊かなまつげの奥できらきらと輝いている。彼はとてつもなくすてきな男性だった。頬骨は高く、鼻は鷹《たか》のように鋭い形をしていて、唇は千もの官能的な想像をしてしまうほどセクシーだ。眉は太く、顎は力強く、きちんと整えられていた髪は彼女の手で乱されていた。

この顔なら一生見ていられる、という思いがサーシャの頭に浮かんだ。

サーシャの腿を愛撫していた男性の両手が、彼女のヒップへすべっていってウエストをなぞり、それから胸を包みこんだ。親指の腹が胸の先を刺激する。

体に震えが走り、サーシャは彼を締めつけた。身を前へかがめ、顔を近づけて唇と唇を重ねた。

その仕草が男性の自制心を失わせるきっかけになったらしい。彼がサーシャの体を自分の下にして動きはじめた。

「やめないで!」彼女は苦悶《くもん》の表情で叫んだ。

男性はその言葉に従った。サーシャのすべてになろうと、彼女に二度と忘れられない思い出を差し出そうと奮いたっているようだった。そのために唇を、手を、体を、声や匂いまでも駆使しているのかもしれなかった。

サーシャは男性との熱いひとときに我を忘れていた。なにがあったのか反芻《はんすう》したのは、ずっとあとになってからだ。彼がありとあらゆる官能的な方法で自分をめちゃくちゃにするのを、彼女は喜んで受けとめた。彼があえて動きを遅くしてのぼりつめようとするサーシャをじらしても、どうすることもできずに身をゆだねていた。

「お願い」そうささやくのが精いっぱいだった。

指をサーシャの髪にからめ、男性が彼女を抱きしめて長いキスをした。サーシャは自分が一本のむき出しの神経になったように、熱く湿った肌に触れる空気すら刺激的に感じた。

男性がさらに力強く入ってきて、強烈な至福の瞬間が訪れ、彼女は悲鳴をあげた。

何度も何度も彼が腰を揺らし、サーシャの喜びを高めた。彼も力つき、喜びにひたった。

サーシャは我が家に帰った気分だった。男性が動かなくなり、二人で肌を合わせていると、喜びがあとからあとから押しよせ、全身に広がってあふれ出した。彼が勝利の雄叫《おたけ》びをあげたのがうれしくて、サーシャの胸は高鳴っていた。

2

人生が一変するほどの喜びを味わったあと、疲れはてて女性の隣に転がったとき、ラファエルは打ち負かされたという不穏な感情を抱いた。しかし枕にのせた頭を横に向けると、女性も似た表情で天井を見ていた。あれは畏敬の念に打たれているのか？

目の端でラファエルに気づいたらしく、女性がすぐさま悦に入った表情になった。「あの、すごかったわね？」上掛けを引っぱって体を隠し、彼に寄り添った。「ありがとう」

「どういたしまして」ラファエルは避妊具をごみ箱に捨て、ふたたび彼女の隣に倒れこんだ。

「私、行かないと」彼女が体を起こした。髪を下ろしていているので、横顔の大部分が隠れている。

ラファエルは女性のまるめた背中を眺め、親指と中指をうなじに置いた。「行かなくてもいいじゃないか。パーティに戻る必要はないだろう？」

「わかってないのね」彼女が上掛けを胸にあて、空いているほうの手を後ろについた。「今の私はどう見える？　ゾンビ？　酔っぱらったピエロ？」

女性の口紅はすっかり落ちていた。アイメイクも色がにじんだりぼやけたりしていて、まぶたは重そうだ。

「とてもセクシーだよ」真実だった。「君もわかっているはずだ」

「そう言ってもらえてうれしいわ」彼女がぼんやりとした視線をカーテンにそそいだ。

彼も女性と同じくらい圧倒されていた。これが人生最高のセックスだと思うとつらかった。忘れることなどできない経験だ。

ラファエルは感傷的な思いを追いやった。欲望が高まったのは見知らぬ相手だからだ。彼女も両親をいらだたせるために僕と寝たにすぎない。

「よかったらシャワーを浴びてもいい？」陰鬱な空気を振り払うように、女性が笑みを浮かべ、上掛けをはねのけて浴室へ行った。

シンクの水音を聞きながら、ラファエルは化粧を落とす女性の姿を想像した。シャワーの音がすると、もはやベッドにはいられなくなった。

「あら」ガラスドアを開け、大理石のタイルを踏んで入ってきた彼を見て、女性が言った。シャワー室は二人が余裕で使えるくらいの広さがあり、あらゆる方向から湯が噴射されていた。

「どうも、青い瞳のお嬢さん」ラファエルは彼女の頬を包みこみ、山間《やまあい》の湖の上に広がる青空のような目をのぞきこんだ。「僕はラファエルだ」

「アレクサンドラよ」彼の手を握る。「会えてうれしいわ」

「そうなのか？」

それから三日間、二人は片時も離れず、ベッドやバスローブ、シャワー、食事、ワインを分かち合った。避妊具やほかの必需品はコンシェルジュに届けてもらい、清掃は断り、電話も無視した。ときどきアレクサンドラはラファエルのシャツを着たが、たいてい二人は裸のまま乱れたベッドで眠るか、映画や旅行、星占いはあたるかどうかなどといったたわいのない話題を楽しんだ。

アレクサンドラは足をくすぐられるのに弱く、大金持ちの継娘であるうえに彼女自身にも財産があるらしい。実父の一族は数世代にわたって出版事業で財をなし、母の実家も産業革命時代の鉄道王の血を引く資産家だった。「父は私が幼いころに亡くなったの。だから記憶がなくて」彼女が肩をすくめた。

「ハンボルトはハイエナみたいに母に近づいてきて、

母と母の財産、そして私の信託財産を牛耳り出した。彼が寄付したお金も私のなのよ」

「だが、君自身は彼に従うつもりはないんだな」

「従わない努力は続けているわ」アレクサンドラがヘッドボードをなぞるのをやめてうつ伏せになった。「あなたはどうなの？　このあとネットで調べたら、あなたのなにを知ることになるのかしら？」

「僕はルーマニアで生まれた。母は僕たちを捨てたギリシア人の父をさがすために僕とギリシアへ移住したが、結局見つからなかった。僕が六歳のときに母が姿を消すと施設に預けられ、アテネの郊外で暮らすあるギリシア人夫婦の養子になったんだ」

「養父母はいい人だった？」

「ああ」二人は努力してくれたのに、僕はどうしたらいいのかわからなかった。子供時代はひどいものだった。母親が苦しい生活のすえに行方をくらましたあとは苦労した。養父母は打ち解けない人たちだったため、二人の息子になったとは思えなかった。

「養父は僕が十七歳のときに死んだ。心臓発作で」ラファエルは渋い声になるのを抑えきれず、その日のことは考えまいとした。「僕は家業を継いだが、それを横取りしたいハゲタカたちがいた。彼らは僕が養子なのと、半分しかギリシア人ではないから正当な後継者とは言えないと主張してきた。だからネット上の経歴には、その情報を不法侵入の逮捕歴の次に載せている」

「まあ」彼女が驚いた。「波瀾《はらん》万丈の人生ね」

「実際は誤認逮捕だった。というか、それも僕に会社を継がせないための妨害工作だったんだ。すぐに釈放されたよ」

「家業ってどんなお仕事なの？」

「前は中小型船舶の海運業だった。もっと成長できる可能性はあったのに、養父にはできなかったんだ。ほかの会社と協定を結んでいたせいでね。養父の死後、彼らは僕以上に会社を欲しがったよ。そのころ思春期だった僕はゲームに夢中で、学校にも行かずにゲームを開発して少し有名になっていた。そこそこ稼げたし、養父は知らなかったが二人の住宅ローンも助けていた。僕の成功を知られたらハゲタカたちがもっと圧力をかけてくると知っていたので、養母が隠していたんだ。僕はハゲタカたちを排除し、会社を近代化することで成長させたんだ」

それでもナイフを使って争った過去については触れなかった。

「最近、会社は大きな船舶による地中海以外の海運業にも乗り出した。〈ザモス・インターナショナル〉という名前を聞いたことは？」

アレクサンドラが申し訳なさそうに鼻にしわを寄せた。「初耳だわ」

「今はまだ成り上がりと見られているが、大手とも競えるようになった。今回は東海岸在住のアメリカ人と知り合ってもっと会社を成長させるために、君のお父さんのパーティに押しかけたんだ」

「まあ。じゃあ、私も正直に言うわね、ラファエル」アレクサンドラが手で部屋全体を示した。「私とベッドをともにしたせいで、あなたは会場にいる全員とコネを作るチャンスをふいにしたわ。それどころかハンボルトは私の過ちを許さないから、あなたをブラックリストに載せると思う」

「君に近づいたときから、どんなリスクがあるかはわかっていたよ」ラファエルは彼女にではなく、欲望に負けた自分に腹をたてていた。ここに長くいればいるほど、チャンスを失うことにも。

「うめ合わせをさせて」アレクサンドラが彼の上に寝そべり、下腹部に向かってキスを始めた。

すさまじい欲望がこみあげ、ラファエルの思考が鈍った。そしてこれを最後にすると誓い、彼女が自分の腿の間にひざまずけるよう膝を曲げて広げた。

「君にだ」朝起きて体を重ねたあと、ラファエルがうとうとしているサーシャに言った。朝食を運んできたのだろうと思ったら、ナイトテーブルに蘭《らん》と極楽鳥花の豪華な花束が置かれた。彼女は起きあがり、屈辱をにこやかな笑顔で隠した。

「私、長居しすぎたのかしら。帰ってほしいなら言ってくれればよかったのに」

「違う。花は僕からじゃない」ラファエルの冷ややかな視線に、サーシャの心臓はとまりそうになった。彼は花束の贈り主に嫉妬しているの？

ラファエルが花束からカードを抜き取って差し出した。彼女は力の入らない指で小さな封筒を破り、〝ママに電話して〟と書かれたカードを見た。

「母からだわ」カードをベッドに投げ捨てた。「私を見つけるのにずいぶんかかったのね。あなたの名前は招待客リストに載っていなかったから、誰なのか突きとめるためにあちこちきいてまわらなければならなかったんだわ。今は全員があなたは招待客じゃないと知っている。母はそれを利用するつもりよ。ごめんなさい」

ラファエルが不満ながらも納得したような声をもらした。「コーヒーでも飲むかい？」

「また私を誘惑するのね」サーシャは彼のすべてに魅了されていた。紐《ひも》が無造作に結ばれたバスローブの胸元からは日焼けした胸がのぞいている。

「そういうつもりはなかったな」しかし、口調は以前ほど軽くなかった。現実が空気中に漂う蘭の香りと同じくらい二人に忍びよっていた。

部屋を出ていくべきだとサーシャはわかっていたけれど、なかなかその気になれなかった。

ラファエルが戻ってきて、花束のそばにコーヒーカップを二つ置いた。「熱いぞ」

サーシャは花束を床にたたきつけたかった。この喜びに満ちた親密なひとときから離れたくなかった。彼からも。

ラファエルがマットレスの端に座り、サーシャと向かい合った。「君のお母さんは僕になにをする気でいるんだ？」

ああ、私たちは現実に直面している。それが不愉快でたまらない。「あなたが今後いくら成功しても、パーティやイベントには呼ばれないと思う」

「それでも僕はそこへ行くつもりだ」彼が肩をすくめて一蹴した。

サーシャは胸の中で希望がふくらむのを感じたけれど、すぐに暗い顔になった。「問題はハンボルトのほうよ。あの男は二十年も私の父のお金を使って、人脈を広げたり政治家に献金したりしてきた。だからなんでもできるの。本当に大嫌い」それに私をどうしようもない男と結婚させようとしていて――。

深呼吸をして背筋を伸ばし、両脚をヒップの下に入れてラファエルと向き合うと、彼の肩をおおう白いベルベット地に片方の手を置いた。

サーシャが胸にあてていた上掛けが落ちたので、ラファエルの頬がこわばったが、目は彼女を見つめたままだった。「それで？」

「私たち、結婚しましょう」自分の唇からそんな言葉がこぼれたことにショックを受けたものの、サーシャはほかに方法はないと悟った。

「なんだって？」マグカップを取ろうとして、彼が肩からサーシャの手をどけた。「三十五歳になるまで結婚はしないつもりなんだ」

「今はいくつなの？」

「二十九だ。だが、身を固めるまでに達成したい目標が百も千もある。僕はもっと成功したい」

「私だって結婚はしたくない」彼女は上掛けを引っぱって胸を隠し、ベッドに膝立ちになって自分の考えを口にした。「ハンボルトは私がもうすぐ二十四歳になるのに気づいたの。つまり、あと一年で私は信託財産の一部を自由にできる年齢になる。結婚すればもっと早くそうできたんだけど、夫がいるという考えには耐えられなかった。ハンボルトは取り巻きの一人の息子と結婚させれば、私の財産を今後も好きにできると考えているわ。母はというと、きちんと手順を踏まないとどとか、一年は婚約期間を設けないととか的はずれなことしか言わない」

「断ればいいじゃないか」ラファエルが簡単なことのように言った。

「そうする気だったけど、ハンボルトに財布の紐を握られているせいで逆らえなくて。でも、将来を考えてささやかな手は打ってあるのよ」サーシャは誇らしげに打ち明けた。「貸し金庫に宝石を預けてあるの。だから当座は大丈夫。けれど、それはなにかあったときのための保険なの」マスコミ対策費用や弁護士費用を心配してのことだ、とは言わなかった。

自分の秘密は厳重に守っているからだ。「なによりも、私はこのままハンボルトに信託財産を任せておきたくない。だから闘うしかない。でも前に逆らったら、ひどい目にあわされて――」

ラファエルが悪態をついた。「本当か？」

「当時、私はまだ十代だった。スイスの寄宿学校に戻るはずが、半年間イビサ島へやられたの。ハンボルトは私を結婚させたがっているから、今はそんな極端なまねはしないと思うけど、別の方法で私をみじめにさせるはずだわ。でも私は負けたくない。あの男は私のお金を二十年近くも自分のために使ってきた。もう一年だって我慢したくないの」

「信託財産はどれくらいあるんだ？」好奇心をあらわにして彼が尋ねた。

「二十四でもらえるのは一億五千ドル。子供を産むか、三十になったら五億ドルもらえるの。そのお金があれば、あなたの役にも立つと思うんだけど」

しかし、ラファエルはサーシャの言葉に飛びつかなかった。読めない表情はベッドの相手というより、スリーピースのスーツを着てひげを剃《そ》り直し、ビジネスの場にいるかのようだ。「そうだな」

「あなたは私と関係を続けたいんじゃないかしら。しばらくはそうでしょう？　間違ってる？」

「関係を続けようと持ちかけるつもりだったよ」

「じゃあ、こうしましょう。母にはこの関係が最後の火遊びで、そのあとは言うことを聞くと伝えるわ。そうすればじゅうぶん楽しめるはずよ」

彼が驚いたが、サーシャはばかではなかった。前に自分の面倒を自分で見たことがあったので、どうすればいいかはわかっていた。

「そしてこっそり結婚しましょう。両親には二、三週間してから知らせればいい」彼女は両親のショックを受けた顔を想像して笑みを浮かべた。

「そんな不意打ちを食らわせる必要があるのか？」

「婚約を発表して、ハンボルトが私のお金を使ってあなたを破滅させようとするのを見ればわかるわ」

「それは脅しか？」

「いいえ。相手がどんな男か教えているのよ。あなたが結婚したくないのならかまわないわ。ほかの方法を見つけるから。ほかの男性を」サーシャは上掛けを胸からどけてベッドを出ようとした。

ラファエルが手を伸ばして彼女をとめ、コーヒーをナイトテーブルに戻した。「したくないとは言っていない。なぜそんなに結婚がいやだったんだ？」

「誰にも支配されたくないから」サーシャは彼の腕をにらみつけた。「特に夫には」

「僕には理性があるし、いずれは後継者も必要になる。君も同じだろう」

心臓が激しく打ち、部屋の端がぼやけた。彼女はパニックで速くなる呼吸を落ち着かせて、ラファエルから視線をそらした。彼のバスローブの袖をつまんで、無言で腕を引っこめるよう要求する。

ラファエルが身を引くとサーシャは立ちあがり、彼が椅子の背にかけたシャツを羽織って、ボタンをとめながら必死に考えた。

「財産を受け継がせるために子供を産むなんて間違ってるわ」袖をまくりあげる手は震えていた。「数年、結婚生活を続けたあとで子供については話し合いましょう。別れる可能性もあるし。私、言いたいことは言う性格なの。手に負えないと言われたこともあるわ」

「気づいていたよ。だが、君のその率直なところをすばらしいと思う」ラファエルが目を細くした。「僕を餌で釣って操ろうとはしないでくれ。僕たちは互いに正直でいなければ。わかってくれるかい？」軽い口調には警告がこもっていた。

サーシャの背筋を震えが駆け抜けた。身を任せるくらいラファエルのことは信頼していた。だから彼を信じてお金を託してみるつもりだったけれど、心は？　秘密は打ち明けられるの？　いいえ、二度と男性を完全に信じられるとは思えない。

「正直であることと、なんでも打ち明けることは違うわ。あなたに正直でいるのは約束できる」ほかの男性にラファエルと同じ気持ちを抱くことはないから。「でも、私という人間と過去についてどれだけ話すかは私に決めさせて。あなたも私にどこまで自分のことを話すかは自由にしていいから」

「話がうますぎるな、アレクサンドラ」彼がベッドに座ったまま両手を後ろにつくと、バスローブの裾がはだけて内腿がのぞいた。

そんなセクシーな姿に、サーシャは口が乾いた。

「だが、君はとてもやさしい人だ。ここへ来て、そのやさしさを見せてくれないか。取り引きには応じるから」ラファエルがなだめるような口調で言った。

「服を着たばかりなのに」シャツを一枚羽織っただ

けだけれど。

いいえ、要求に応えたほうがいい、とサーシャは思い直した。私はラファエルと彼が持つ力を盾にしようとしている。けれど、彼に心を許さずにいるのはむずかしそうだ。

不安で心臓がどきどきしながらも、ベッドに向かって足を動かした。「あなたは本当に結婚したいの？」手をラファエルの肩に置き、膝をマットレスについて彼の体の上にのる。

「ああ」大きなてのひらがすぐさま糊のきいたシャツの下に入ってきて、サーシャの素肌をさぐった。

それだけの価値はあるわ、と彼女は自分に言い聞かせた。このひとときには人生をかける価値がある。

二週間後、ラファエルは花嫁とマンハッタンにあるハンボルトの邸宅へ入っていった。アレクサンドラとの結婚にそれほど抵抗はなかった。三日間というめくるめく時間を過ごして別れたあと、彼女には電話すると約束したものの、そのまま飛行機でギリシアに帰ろうと考えていた。どんな口実でも使って守るべきものを守るつもりだった。

しかしアレクサンドラの姿が見えなくなったとたん、彼女を追いかけたくなった。それがニューヨークにとどまった、不愉快だが本当の理由だった。

弁護士と会ったり、ベッドで情熱的な時間を過ごしたりするうち、ラファエルはますますアレクサンドラに魅了されていった。毎日、彼女と一緒にいたかった。昼も夜も。

自分を突き動かしているのが欲望と自尊心なのは、ぼんやり理解していた。裕福で美しいアレクサンドラを欲しくない男はいないだろう。だが、彼女には欲しいものを手に入れるためにどうすればいいかわかっている頭のよさもあった。

アレクサンドラのそういう一面も、ラファエルは魅力的だと思っていた。彼女は弁護士の扱い方も心得ていた。結果、彼らはアレクサンドラが経済的に破綻することなく、ラファエルと離婚できるやり方をいくつも考え出した。「君は弁護士たちとのやりとりに長《た》けているんだな。なぜ彼らを使ってハンボルトに対抗しなかったんだ？」

「そうしたらあの男は私と争うために私のお金を使うのに？　中傷記事を書かせることにも注《つ》ぎこむと思うわ」彼女がバブルガムピンクにぬった爪で、ゆるくカールしたブロンドの髪をすいた。

ラファエルは、男が女性を法廷で打ち負かそうとするときになにをするか知っていた。アレクサンドラは並大抵の中傷記事では傷つかない気がするが、どんな事態を恐れているのだろう？

「あなたをあの男に対抗させるほうがずっといいわ」アレクサンドラが彼のジャケットの襟を撫《な》でた。「あなたについて調べてみたの。ハンボルトは誰を相手にしているのかわかればおとなしくなると思う。

本当にマフィアのドンから船を盗んだの？」

「僕は契約の条項を行使しただけなのに、マスコミが大げさに伝えたんだ。修理代が払われなかったから、代わりに船を手に入れたんだよ」

「私を奪われたと知ったときのハンボルトの反応が楽しみ」彼女がモーブピンクの唇に笑みを浮かべた。

不思議だが、アレクサンドラが継父から離れるために自分と結婚するとしても、ラファエルは動じなかった。互いの役割は正確に理解していた。

ラファエルも調査をして、アレクサンドラの信託財産を活用できるうえ、世界じゅうの貴族や相続人、社交界の名士とつながりが持てると知って喜んでいた。アレクサンドラがセレブのゴシップ記事の常連だったり、上流階級のパーティにきわどい衣装で出席したりするのはわざとだった。どこでなにを求められているのか熟知している彼女なら、僕がその場にすんなりとけこめるよう助けてくれるはずだ。

　裁判所で結婚の誓いの言葉を述べる前にアレクサンドラが次のように言ったときも、ラファエルは二人で立てた計画に満足していた。「私、あなたのことがどんどん好きになっているの。でもたぶん、この先も愛することはないと思う」

　理由を尋ねるべきだったかもしれないが、そうすればオーダーメイドのモーニングコートから、ドブネズミみたいだった過去の自分が透けて見える恐れがあった。だからラファエルは言った。「それでいい」愛というものは危うい。人を愛せば、その人に利用されるかもしれない。愛は人を無力にしてしまう。「僕に必要なのは自立した、僕に与えられないものを求めない女性だからね。アレクサンドラ、僕も君と同じ考えだよ」

　結婚の誓いはその時点で無意味になった。二人はラファエルではない男との結婚を発表すると思っている居間へ足を踏み入れた。

邸宅にやってきた、華やかな格好のカップルたちがいる居間へ足を踏み入れた。

　そこにはアレクサンドラの両親のほか、彼女の花婿候補らしき男もいた。

　アレクサンドラが手を握りしめ、ラファエルは緊張した。彼女のおびえた視線は四十代後半とおぼしき男に向けられていたが、すぐさま別の方向へそれた。そして、ラファエルを見てショックを受けている全員にほほえみかけた。

　人々はつながれた二人の手と、ラファエルのアイボリーのベストとストライプのズボン、前裾が斜めにカットされたジャケットを凝視していた。アレクサンドラは膝下丈の白のワンピースに、短いケープをまとっていた。

　アレクサンドラが上品かつ優美に言った。「なにか誤解があったみたいだけど、私が結婚する気になったと言ったのは、夫にしたい男性を見つけたという意味だったの」

「ありえない」ウィニフレッド・ハンボルトがあきれたように言った。「そんな結婚、認めないわ」

「僕たちは結婚しました」ラファエルは美しい花嫁を敬愛のまなざしで見つめた。妻の望みをかなえた誇りで胸はいっぱいだった。「裁判所で」

アレクサンドラの母親が息をのみ、近くのソファへ倒れこみそうになった。ハンボルトも卒倒しそうな顔で口をぱくぱくさせている。「こ……この結婚は無効だ」彼がどうにか言葉を口にし、怒りに震えながら指をラファエルに突きつけた。「おまえはまともじゃない。後ろ暗い過去があるくせに」

「無効にしてみろ」ラファエルはハンボルトをねめつけた。「ただし僕から妻を奪い、彼女を傷つけたらどうなるか覚悟しておけ」

ハンボルトの顔が青ざめた。「私の家に来て、私を脅すのはやめろ」

「あなたの家ではないでしょう？」アレクサンドラが口を開いた。「あなたの不動産は私のものだわ。結婚した以上、しかるべき場所にはもう書類を送ったの。これからは私が私の財産を管理しますって」

「なんだと――」ハンボルトが憤慨した。

「手続きは僕の弁護士が行った」ラファエルは警告した。「アレクサンドラがあなたをここに住まわせたいなら、それでかまわない。だが彼女の扱いには気をつけるんだな」やさしい声で花嫁に尋ねる。

「ハネムーンの荷造りをするかい、ダーリン？」

「あなた以外に必要なものはないから大丈夫よ」アレクサンドラが呆然《ぼうぜん》としている人々にほほえんだ。

「私たち、モルディヴに行くけど、電話には出られませんから。新婚なんですもの」

「アレクサンドラ！」彼女の母親が泣き出した。

「妊娠したの？　だからその男と結婚したの？」

槍《やり》でも刺さったように、部屋を出ていこうとするアレクサンドラが硬直した。「いいえ」彼女が母親に顔を向け、低い声で答えた。「私はあなたから離れたくて結婚したの。わかるでしょう？」いかにも夫に夢中だというまなざしをラファエルに向けて続ける。「それに、彼にはすてきなところがたくさんあるから」

ハンボルトが警告した。「後悔するぞ」

アレクサンドラが氷のような目で継父をにらんだ。「無謀なまねをする気なら、冷静になってよく考えることね」

彼女はあの四十代後半とおぼしき男を、またおびえた目で見なかったか？　ラファエルは思った。それとも僕の気のせいか？

花嫁が彼の手を引っぱり、部屋を出る前に言った。「心からのお祝いをありがとう。さようなら」

3

ハネムーンは翌年の五月まで続いた。その間、二人は些細《ささい》な喧嘩《けんか》を何度かした。ラファエルは路上で拾われ、施設に預けられたあと、中流階級の家庭に引き取られて大金持ちになった。今は平和な結婚生活を送るために衝動を抑えることを学んでいた。

アレクサンドラがたまに気むずかしくなるのは、情熱的な性格に加えて甘やかされて育ってきたためだろう。自分の価値を理解している彼女は、欲しいものは欲しいときちんと口にした。

しかし、二人の目的が異なることはめったになかった。ラファエルは金を稼ぎ、アレクサンドラは人脈を広げていった。

ラファエルはなぜ誰にも手の届かない権力者になりたいのか自覚していた。二度と若いころのような弱い存在にはなりたくなかった。アレクサンドラに寒さと空腹に耐えつつごみ箱の陰で眠った記憶はない。読み書きができなくてたたかれたこともなければ、読み書きができるからといってたたかれたこともない。大人たちに囲まれて懲らしめられた過去もないはずだ。

とはいえ育った環境が違っても、継父がアレクサンドラを苦しめようとする行為には気づいた。数カ月に一度はラファエルが妻を洗脳しているとか、薬物を使って従わせているとかという噂《うわさ》が流れた。また彼女の愛車を勝手に売却したり、飛行機で向かった先のイベントを直前で中止にさせたりした。

そういうとき、ラファエルは決して黙っていなかった。マーサズ・ヴィンヤード島にある妻の夏用の別荘を改装しても、彼女の両親には使用を許さなかった。あるいはハンボルトが特定のめずらしい絵画を欲しがっていると聞いたときは、自分が先に動いて購入した。

信託財産の一部を自由にできるようになったアレクサンドラは、たびたびラファエルに出資し、彼はそれを会社の買収や事業の拡張に使っていた。

彼女はラファエルを守り、支え、悪い噂を耳にすれば注意した。〝あの人たちには問題があるみたい。かかわるなら気をつけて〟とか、〝彼女の父親は石油会社を経営しているわ。家族をクルーザーへ招待しましょう〟とかと勧めることもあった。

アレクサンドラ号は全長四十メートルの超大型クルーザーで、小国の王族がトラブルに巻きこまれ、人知れず救いを求めているという噂をアレクサンドラが聞きつけた結果、ラファエルが救済策として買い取ったものだった。彼は船を王族が購入した三分の一の値段で手に入れ、定期的に人に貸して利益を得た。クルーザーはラファエルの会社の評判を高めてくれただけでなく、リラックスした環境で交渉を行う場ともなっていた。

クルーザーは結婚一周年の記念日を祝うためにも使われた。二人はいちばん気に入っている方法で互いをもてなした。

夜、アレクサンドラがベッドに腰かけたラファエルの脚の間にひざまずいた。彼女は彼の興奮の度合いに目を配り、楽しそうに鼻歌を歌いながら、ゆっくりとじらしつつ夫に快楽を味わわせた。

彼はできる限り長く妻を見守り、理性を保つ努力をした。しかし心から楽しんでいても、主導権は自分が握りたかった。「やめるんだ」しばらくしてかろうじて太い声で命じた。

アレクサンドラが顔を上げた。その姿は官能の化身のようだった。「いやだった、ダーリン？」彼女が夫の下腹部に息を吹きかけた。妻の手の中では興奮の証《あかし》が脈打ち、ラファエルは今にも力つきそうだった。

「君の中に入りたいんだ」彼はベッドに仰向けになり、体の上にのるようアレクサンドラを誘った。

「本当に？」彼女が舌で興奮の証をなぞった。絶妙な感触にラファエルは耐えられなくなり、かすれた叫び声とともにのぼりつめた。すばらしい経験だったが、妻に負けたのは腹がたった。

アレクサンドラがラファエルの手の甲にキスをした。それから立ちあがり、ブラとTバックショーツ、ガーターベルト、腿までのストッキングにハイヒールという格好でどこかへ行った。

戻ってきた彼女は、湯で濡《ぬ》らした布で夫の体をやさしくふきはじめた。

ラファエルの心臓はまだ激しく打ち、体も熱かった。欲望の解消はできたので、妻が悦に入った笑みを浮かべていても気にするべきではなかったが、心は波立っていた。僕は弱くなったわけではない……とはいえ、思うほど強いわけでもない。

アレクサンドラを支配したいとは思わなかった。二人はそういう関係ではなかった。ラファエルは、純粋なおしゃれとして魅惑的なランジェリーを身につけている妻に敬意を払っていた。ブラのカップは胸の先をかろうじて隠していて、Tバックショーツの布地はとても小さい。その誘惑的な格好に、彼はまた興奮していた。

アレクサンドラがハイヒールを脱いで隣に寝転び、たいていの男が一度でいいから経験したいと夢見るような情熱的なキスをした。ラファエルはすっかり妻に夢中で、彼女のすべてが自分のものだと信じて疑っていなかった。

しかしアレクサンドラは違うようで、不安だった。結婚して一年、彼は二人の関係にのめりこんでいた。ときには、自分のほうが妻よりも深い気持ちを抱いているのではないかとさえ思った。なぜそう感じるのかはわからない。たぶん、アレクサンドラが自分のことや過去について話したがらないところに関係がある気がする。

この結婚は欲望とビジネスのためだということを、ラファエルはアレクサンドラと出会ったとき以上に確認したかった。二人の心が通じ合っていないほうが安心できるはずなのに、彼はアレクサンドラとのより深いつながりを求めていた。彼女には夫ともっとかかわろうとしてほしかった。

「子供の話をしないか?」妻の唇が顎をかすめたとき、ラファエルは言った。

「誰の子供?」アレクサンドラがきいた。

「僕たちのだ」彼ははっきりと答えた。

「すぐに欲しいの?」信じられないという口調だ。

「しばらくあとでいい」妻の顔色が変わり、部屋の空気が一変したのに気づいて、ラファエルは譲歩した。彼女の青い瞳に、もはや情熱はなかった。求めていた反応とは正反対だった。

ラファエルはアレクサンドラにおおいかぶさり、与えられた喜びを十倍にして返そうとした。何度かキスを繰り返すうち、欲望がふたたび燃えあがったのか、彼女が夫以上に夢中になった。腿の間の薄いレースの下に舌を差し入れられると、彼の髪を握りしめた。

ラファエルはこんなふうにアレクサンドラをじらすのが好きだった。最終的に妻の中に入るまで、何度も彼女を瀬戸際まで追いつめる。ランジェリーが引き裂かれて床に落とされるころ、二人は一つになっていた。

避妊具なしで荒々しく結ばれたその行為には、妻との絆《きずな》を永遠にしたいというラファエルの願いがこめられていた。超新星が爆発したような衝撃が走ったとき、アレクサンドラは叫び声をあげ、彼はあまりに恍惚《こうこつ》とした喜びにただ身を震わせた。

そのあと、二人はぐったりと横たわった。ラファエルはどうにか明かりを消し、アレクサンドラの腰に腕をまわして自分の胸と相手の背中を密着させた。

しばらくしてベッドを出ようとする妻に気づき、目を覚ました。「どこへ行く？」

「どこにも」彼女がつぶやいた。

彼は妻のはなをすする音を聞いた気がした。すると、いっきに目が冴《さ》えた。「泣いているのか？」

「いいえ、まつげが目に入っただけ。もう取れたわ。眠りましょう」

ラファエルが明かりをつけようかと考えたとき、アレクサンドラがこちらにヒップを押しつけてため息をつき、体の力を抜いた。そこで彼も目を閉じ、ふたたび夢の世界に戻った。

夫を失いたくない。サーシャは暗闇を見つめて思った。腰にまわされたラファエルの腕に力は入っていないが、どんなに熟睡していても、妻がベッドから離れると彼は必ず気づいた。

夫を起こすのを心配しながら、サーシャは声をたてずに泣いた。いちばんいたいのは夫のそばだった。

私はラファエルを愛しているの？　サーシャはその問いについて考えないようにしていた。愛を自覚したら、彼は今よりも私の中で大きな存在になってしまう。彼女は甘やかされた資産家令嬢でパーティ好きでも妻としては献身的という仮面を、細心の注意を払ってかぶりつづけていた。

ラファエルは自分のすべてだったので、サーシャも彼のすべてでありたかった。夫がいなくても私は生きてはいけるだろう。長く孤独な年月、退屈なイベントに出向いては興味を持てない人々と中身のない会話ばかり交わしてきた。

けれどラファエルといると、サーシャは生きている実感が味わえた。ラファエルは世間に向けたイメージ戦略を練ったり理想の家を設計したりするとき、彼女の意見も聞いてくれた。彼が与えてくれる官能的な喜びは麻薬のように強烈で病みつきになった。

そのラファエルが子供を欲しがっている。それならサーシャは夫のために赤ん坊を産むか、別れるかを決断するしかなかった。なぜなら、彼は最初から明言していたからだ。

彼女はラファエルの子供を産みたかった。けれど傷口に血がにじむように、また涙があふれてきた。目をきつく閉じ、こみあげてくる嗚咽《おえつ》と闘う。まつげが濡れ、息が苦しくなった。

赤ん坊を望む気持ちは途方もないくらい強く、希望と悲しみと葛藤がせめぎ合った。

彼に言うべき？

だめよ。サーシャは全身で拒絶した。彼女には恥ずべきひどい過去があった。それは十代で娘を産んだことでも、その娘を愛情深い家族に託したことでもなかった。子供のためを考えたら、あれは最善の選択だった。私は母親になる覚悟ができていなかった。それに、母親とハンボルトのもとで赤ん坊を育てるのは虐待でしかなかったはずだ。

羞恥心を抱いているのは、妊娠した経緯のほうだった。冷静に考えれば三十一歳の既婚男性に誘惑され利用されただけだったが、当時はひどいとは思わなかった。サーシャは自分がなにをしているのかわかっていると思っていたし、ハンボルトの鼻を明かしてやりたかった。

しかし、当時のサーシャはあまりにも世間知らずだった。体の変化に気づくころには妊娠四カ月になっていたうえ、ハンボルトに誰とつき合っていたかを見抜かれてしまった。継父がすべてを継娘のせいにしたのは、どうすれば自分に利益があるかを承知していて仲間を守りたかったからだろう。したがって既婚の男を誘惑したとサーシャを責め、ありとあらゆるひどい言葉を浴びせた。

〝おまえの母親には決して言うな〟ハンボルトは警告したが、サーシャは動揺するあまりそんなことは考えもしていなかった。しかしそのうち母親にも疑われ出し、早く学校に戻るよう勧められた。

継父に言われたイビサ島へ行かず、ニュージャージー州の田舎町にある十代専門のクリニックへ行ったのは、マンハッタンからできるだけ離れれば自分が何者か気づかれないと思ったためだった。

そこでサーシャは助産師のパトリシア・ブルックスに救われた。彼女は人生で初めてサーシャを一人の人間として扱ってくれた。媚《こ》びへつらわれる資産家令嬢でもなく、批判され抑えつけられた娘でも継娘でもなく、性的な対象でもなく、自分で物事を決められる存在とみなしてくれた。

パトリシアはサーシャに言った。〝未成年淫行なら私には通報する義務がある。おなかの子の父親があなたよりずっと年上ならね〟

〝もし誰かに言ったら、私は逃げるから。絶対にね。両親に知られるわけにはいかないの〟サーシャは嘘《うそ》をついた。成人して子供を産んでいれば、信託財産を手にできる。けれど未成年で子供を産めば、ハンボルトにとって目的のために利用できる相手がもう一人増えることになる。

かろうじて中絶できる時期ではあったけれど、サーシャは子供を産みたかった。ある意味では究極の自主性だったのかもしれないが、我が子を愛していたからでもあった。とはいえ生い立ちを考えれば、愛を知りたかったからなのかもしれない。

パトリシアと三回目に会ったとき、サーシャは〝赤ちゃんは欲しいけど育てられないし、出産まで過ごせる場所もない〟と告げた。すると助産師から家に来ないかと誘われた。パトリシアにはサーシャと同じ年頃の娘がいた。

パトリシアは助産師の仕事を危険にさらしても、サーシャを懸命に支えた。そして養子縁組に備えて弁護士をさがし、おなかの子の父親に親権を放棄してもらう手続きを頼んだ。しかし父親にも責任を取らせたかったサーシャは、子供の将来のために莫大《ばくだい》な信託財産の設定を要求した。

彼は要求をのむ代わりに、自分が父親だと誰にも言わないという条件を出した。サーシャはかまわなかった。パトリシアとモリーがいたからだ。

パトリシアの十代の娘は最初、使っていない部屋で暮らしはじめた見ず知らずの妊婦をいぶかしんでいた。けれど数カ月もたつと、二人は本当の姉妹のように仲よくなった。

家庭学習《ホームスクール》で勉強し、料理を習い、化粧や髪の色や服装を気にせずにいるうち、サーシャは自分らしさを取り戻した。くだらないことで笑い、自然の中を散歩し、おなかの赤ん坊を愛した。陣痛が始まるまでは人生でいちばん幸せだと思っていた。陣痛はひどかったが、ありがたいことに短時間ですんだ。

そして、エリザベスという長い名前には小さすぎる女の子の赤ん坊が生まれた。モリーが〝リビーと呼べばいいわ〟と言い、愛称として定着した。

できるならサーシャはずっと彼女たちと暮らし、赤ん坊を育てたかった。しかし、母親がついに娘の居場所を疑い出した。ここにとどまっていたら、子供の存在を隠すためにしてきた努力が無駄になってしまう。

娘が生まれて一週間たったとき、サーシャはパトリシアに言った。〝私は行かなくちゃ。でもこの子は連れていけない。無理なのよ〟

〝だけど――〟モリーが抗議した。

サーシャは親友の言いたいことがわかった。前に一度、モリーは言った。〝どうしたら知らない人に赤ちゃんを預けられるの？〟

パトリシアが慎重に言った。〝もしあなたがよかったらなんだけど、私にこの子を育てさせてくれない？ そうすればいつでもこの子のようすを見たり、会ったりすることができるわ〟

サーシャの全身にとてつもない安堵《あんど》感が押しよせた。モリーの〝本気なの、ママ？〟という声も聞こえなかった。

〝誰にも言わないでね、モリー。絶対よ〟サーシャは言った。〝私は真剣だから〟

〝わかってる。絶対に言わないって誓うわ〟

三日後、サーシャは書類にサインをし、リビーを自分よりはるかにいい生活と限りない愛情を与えてくれる人々に託して立ち去った。

それでも心は傷ついた。一年以上も無気力だった継娘を、ハンボルトはカウンセラーにかからせた。カウンセリングには何カ月も通ったけれど、人とのかかわりを絶ってふさぎこんでいる本当の理由は話さなかった。

最終的にはスイスの学校に戻れるほど回復した。冬休みにはアメリカに戻り、映画のプレミア試写会に出席するようにもなった。そのうち、ニュージャージー州でのことは夢だと思いこむようになった。けれど夢ではなかった。サーシャには母親になった過去があった。

ラファエルに話す気にはなれなかった。リビーの存在を隠すのは自分のためであると同時に、娘を守るためでもあった。ハンボルトがリビーの人生をだいなしにするかもしれないからだ。パトリシアから仕事を奪い、彼女を逮捕させるかもしれない。

そうなったらリビーはどうなる？　あの家族は？　彼女たちをそんな目にあわせるわけにはいかない。サーシャは自分か継父が死ぬまで、秘密を守り通すと誓っていた。


その間にラファエルとの間にも子供をもうけよう。今度こそ私は赤ん坊を自分の手で育てる。そうすれば人生は完璧になるに違いない。

サーシャはようやく眠った。目覚めたとき、夫は朝食をすませて二杯目のコーヒーを飲んでいた。

「君には睡眠が必要だと思ったから起こさなかったんだ。ゆうべは眠れなかったようだったし」

「シャンパンを飲みすぎたみたい」彼女は肩をすくめた。「お酒が抜けてよかったわ。赤ちゃんをつくりたいならお酒は飲めないもの」

「本気か？」彼の目が輝き、サーシャの胸は高鳴った。「君は赤ん坊を望んでいるのかい？」

「ええ」ラファエルの膝に引きよせられたとき、彼女は喜びに震えていた。まさか、妊娠することが重くつらい試練になるとは想像もしていなかった。

4

一年二カ月後……。

何カ月も誘いつづけた結果、ラファエルはようやくジオ・カゼッラをアレクサンドラ号に招待できた。

年齢こそ近いが、ジオはジェノヴァの富豪一族の出身で、国際的な複合企業である〈カゼッラ・コーポレーション〉を経営していた。この会社と取り引きができるようになれば、国際競争力があると世間に証明するのに大いに役立つだろう。

しかしジオは、アレクサンドラが用意した女性には興味を示さなかった。ジャシンダは、どこかの国のそこそこ重要な人物の姪《めい》だった。アレクサンドラと彼女は寄宿学校で知り合った。ジャシンダは礼儀作法を心得た美人だったものの、ジオに気に入られようとするあまり、プールに入るときにビキニのトップを取った。胸はきれいだったが、ジオは興味をそそられているというよりもいらだたしげに見えた。

昼食後に泳ごうと言ったのはまずかったかもしれない。ラファエルは仕事に戻ろうと切り出したかった。とはいえ、午前中はアレクサンドラにほかの客を任せっぱなしにしていた。そこで午後はカクテルでみなをなごませ、歓談させようと考えたのだ。

アレクサンドラはラウンジチェアに寝そべっているのに、リラックスしているふうではなかった。彼女はジオが独身なのを、女性との楽しい時間を求めているからだと誤解して招待する人を選んでいた。ラファエルに妻を責める気はなかった。彼女は今日のために力を尽くしてくれた。しかし彼が忙しすぎるせいで、二人の仲はぎくしゃくしていた。

一週間前、今回のクルーズの準備をしていたとき、アレクサンドラは生理になった。

妻からそのことを聞いて、ラファエルは言った。

〝ほかの選択肢を考えるべきかもしれないな〟

〝選択肢なんてないでしょう?〟

これまでに二人は体外受精を三回経験していた。

〝君ががっかりしているのはわかるが――〟

〝知ったようなことを言わないで〟一瞬にして氷から炎の表情になり、彼女が涙を流しながら夫をにらんだ。〝私は妊娠しないといけないのよ〟

〝子作りは考え直さないか〟ラファエルは切り出した。〝しばらく休もう〟

〝簡単に言うのね〟アレクサンドラがますます激怒した。

彼は奥歯を嚙《か》みしめた。だが、つらい思いをしているのは妻のほうなのはわかっていた。注射を打ったり処置を受けたりしても子供はできなかった。

アレクサンドラに反対されても、ラファエルは不妊治療をやめるという考えを変えなかった。だからクルーザーに乗ったとき、妻にワインを差し出した。

それ以来、アレクサンドラは好きなだけアルコールを口にしていた。理性を失うことはなかったが、ラファエルと初めて結ばれたときの話をしたり、ディナー中に身を乗り出して夫に胸の谷間を見せ、彼の腿の内側を撫《な》でたりした。

ラファエルは気にしなかった。アレクサンドラは妊娠できない鬱憤を晴らしているのだ。子供を授からないことを、妻はひどく気に病んでいるらしい。

気に入らないのは、アレクサンドラが妊娠できないのを自分一人のせいだと受けとめている点だ。子供ができないのは本当に残念だが、妻だけの責任とは思わなかった。しかし話をしようとすると、彼女からは恐ろしい剣幕で拒まれた。

彼はマティーニを作るためにバーカウンターの奥

へ入った。カクテルをもう一杯飲めば妻もリラックスし、ジオの緊張もほぐれるかもしれない。

そのとき、船員が見慣れない若い女性を連れて現れた。町のビストロでウェイトレスでもしていそうな感じの彼女は、シンプルなブラウスにコットンのキュロットを合わせ、安っぽいサンダルをはいていた。革の書類鞄《かばん》を持ち、プールでくつろぐジオをじっと見ている。たしかジオは秘書も乗船させると言っていたが、ラファエルはすっかり忘れていた。

ところが意にも介さなかった彼に対して、妻は金切り声をあげた。「なにしに来たの?」

かわいそうな女性がたじろぐ。

両親を除けば、アレクサンドラは人に無礼な態度をとる女性ではなかった。特にスタッフに対してはやさしく接するのが常だ。彼女はまだ、僕が子作りを休もうと言ったことを怒っているのか?

「どうしたの、アレクサンドラ? メイドには階下《した》にいてほしかったとか?」プールにいるジャシンダがきいた。「ずいぶん気取ってるのね」

「彼女は僕の秘書の補佐だ」ジオが口を挟んだ。

「なにか用か、モリー?」

「ヴァレンティーナから、その……」女性が青ざめながら、書類鞄を上下させた。「あなたが早くサインをしたがるはずだと言われて……」

「君の秘書には補佐がいるのか?」ラファエルは場の緊張をやわらげようとして言った。「どうりで、君をここへ招待するのに時間がかかったわけだ」

アレクサンドラは羽織り物に腕を通し、サングラスをかけて、つば広の帽子を深くかぶっていた。狼《ろう》狽《ばい》しているのか、その口元はこわばっている。

ジオがプールを出て、モリーに近づいた。

マティーニを作りおえたラファエルは妻を観察するのに忙しくて、ジオたちを見ていなかった。グラスを渡すと、アレクサンドラは〝ありがとう、ダーリン〟と言って大きくひと口飲んだ。

いったいどうしたんだ？

ラファエルはモリーに目をやった。ジオにペンを渡す彼女の背中は板のようにこわばっている。

彼は同情した。自分も何度も〝おまえは場違いだ〟と言われた経験があったからだ。

ジオがサインをした書類を手にラファエルを見た。

「朝までにロンドンに届くかな？」

「もちろんだ」ラファエルは船員にうなずいた。

「あの、本当にすみませんでした」モリーがおどおどしつつ謝った。「もうおじゃまはしませんので」

「ちょっと驚いただけなの」アレクサンドラはようやく自分の態度の悪さに気づいたらしい。「私は招待した人の顔も、その人に同行するスタッフの顔も知っておきたいのよ」

「密航者でもいると思ったのかい？」ラファエルは氷を入れたジンのグラスに口をつけた。

「あなたはジオのためになにをしているの？」アレクサンドラがモリーに尋ねた。だが、ジオの部下を朝食に招待したのはやりすぎな気がした。

モリーは同意してその場を立ち去り、ラファエルとジオは服を着て交渉に戻った。

しかし、ラファエルは集中できなかった。会社の経営は順調で、今回の取り引きもうまくいきそうだったので、これまで以上に未来は明るいはずだったが、子供を望んだために結婚生活はつまずいていた。苦しむアレクサンドラを無視することはできないものの、解決策の見当もつかない。彼は苦痛と無力感という最悪の感情に襲われていた。

いったいどうすればいいんだ？

過去が追いかけてきた。デッキに出られるドアから風が入ってくるのを感じて、サーシャはシルクのキモノの上から自分の体を抱きしめた。寒いわけではなかった。ニューヨークで育ち、スイスで教育を受けたあと、彼女はめったに二十度以下の気温に身を置いたことがなかった。

夫を説得してクルーザーを南へ向かわせたのも、アフリカからの熱く乾いた風を感じたかったためだ。

「僕は――」ラファエルの手が肩に触れ、声が背後で響いて、サーシャはびくりとした。「僕の声が聞こえなかったのかい？」彼が愉快そうに尋ね、サーシャに腕をまわして裸の胸に引きよせた。

こんなふうに夫のたくましい腕に包まれていると、安全で大切にされていると感じ、なんの問題もないと信じそうになる。「考えていたの」サーシャはラファエルの湿った体に身をあずけた。

「なにを？」彼が促した。

彼女は自身の体に怒っていた。妊娠できないのは自分のせいとしか思えなかった。これはある種の因果応報なのだ。

正確には違った。子宮内膜症は妊娠経験のない女性がかかる病気で、原因はわからないが、時間がたつにつれて悪化する。もっと早く妊娠しようとしていれば、いい結果が得られたかもしれない。しかし、サーシャの子宮内膜症は症状がそれほどひどくなかったのでわからなかった。

妻が答えないので、ラファエルが彼女の腕をさすってさらに尋ねた。「話すのはやめようか？」

「えっ？　どうして？」サーシャは彼の腕から離れて向き合った。

そして夫の神のごとき体に思わず見とれた。ラファエルはふわふわの白いタオルだけを腰に巻いていた。彼女は夫の肩や胸、腕、喉にくまなくキスをするのが大好きだった。

「ゆうべはいつもと違っていたね」彼の大きな手がサーシャの首を包みこんだ。「不満はないよ、全然。だが君には睡眠が必要だ」

サーシャはラファエルの笑みや目に浮かぶ喜びを見る気になれなかった。昨夜、彼女は夫を夢中で求めた。ほろ酔いのせいとごまかしていたけれど、本当の理由はほかにあった。サーシャはなにかに駆りたてられたようにラファエルを愛撫《あいぶ》し、身もだえさせ、口づけした。嗚咽《おえつ》をもらしながら彼にももっととせがんだ。もっと速く激しくしてほしいと。

最近、二人はそんな体の重ね方をすることが多くなっていた。どちらも夫婦間の亀裂に気づいていたからだろうか？

いいえ、気づいているのは私一人かもしれない。

「どうした？」ラファエルが親指でサーシャの顎を上げた。その表情は険しい。「後悔しているのか？」

「ゆうべを？　まさか」けれど、本当は違う理由から後悔に溺れそうだった。

サーシャは恐怖に駆られた。以前の自分は強い女だった。ばかにされたり、傷つけられたりすることはなく、人生の残酷な出来事にも無関心でいられた。しかし今の自分は苦悩し、愛に飢え、愛を切望していた。そして傷つきつづけていた。

サーシャは夫の前で心を守るのを忘れたときにいつもしていることをした。ラファエルの腰に巻いたタオルに手を伸ばし、彼の視線を真っ向から受けとめながらそれを取り去る。

「ゆうべ、私は後悔しているようだった？」

ラファエルがなにか言おうとしたが、サーシャがタオルを落として下腹部を愛撫すると、荒い呼吸しか聞こえなくなった。だが彼の目は疑わしげで、妻が気をそらそうとしているのを察していた。

サーシャは思わせぶりに唇に舌を這《は》わせてひざまずいた。

「やめないか」不機嫌そうに言い、ラファエルがサーシャの腕をつかんでとめた。「ゆうべの僕は君に乱暴だった。キスでうめ合わせをさせてほしい」引っぱりあげられた彼女は、夫の体の熱がキモノの薄いシルクを通して伝わってくるのを感じた。彼はサーシャの下ろした髪に指をくぐらせ、いつまでもキスを続けた。

一瞬にして喜びに圧倒され、サーシャはラファエルの素肌に手を伸ばした。欲望の奔流に身を任せ、あっさりと屈服してはだめよとぼんやり思ったものの、両手は彼の背中やヒップをくまなくさぐり、夫に我を忘れさせて主導権を握ろうとしていた。

ラファエルも同じことをしていて、サーシャ以上に巧みだった。ゆっくりとシルクの上から彼女の肌を撫で、いくら妻が夢中になろうとも自分は急がないと伝える。今回は。

「あ……あなたを待っている人たちがいるんじゃないの？」首筋にやさしくキスをされたサーシャは、息を切らしてきいた。

「待たせておけばいい」

ラファエルはサーシャに、自分が特別な存在だと感じさせてくれる男性だった。つねに優先させるべき、大切なただ一人の女性だと。

今はどうしてもその気分を味わいたかった。

彼女はラファエルの首に腕をまわそうとしたけれど、彼がそうするのをとめてキモノの前を開き、胸に視線をそそいだ。

「胸の先が敏感になっているんだったね？やさしくするよ」ラファエルが頭を低くしてそこに舌を這わせ、開いたドアからそよ風が吹いてくると、濡《ぬ》れた胸の先は硬くなった。彼の熱いてのひらが重さを量るように胸のふくらみを包みこむ。「だが、急に腹がすいてきた。君は本当にこれを望んでいるのか？」

「ええ」サーシャは欲求不満の中で認めた。それから面目を保とうとした。「どうしてそんなことをきくの？　私が怖いの？」ラファエルの首に腕をまわして体を押しつけると、彼が硬直するのを感じた。

「いとしい人《グリキア・ムー》、君の喜びは僕の喜びだ。だからできることはなんでもするよ」ラファエルがサーシャをかかえあげたので、彼女は脚を本能的に彼の腰に巻きつけた。「君がやめてくれと言うまでは」

彼が歩き出すと、昨夜の野性的な時間の余韻が残る場所に興奮の証《あかし》が触れた。

パニックに陥り、サーシャは脚から力を抜いたけれど、ラファエルが彼女をかかえ直して窓の下の長椅子に横たえた。それから長々とキスをするとひざまずき、もっとも秘めやかな場所をあがめられるようにした。ひげを剃《そ》ったばかりの頬でサーシャの内腿をこすり、うずいている脚のつけ根にそっと息を吹きかけてじっくりととてもやさしく味わった。

「ラファエル」彼女はうめき声をあげた。

「どうしてほしい？　やめてほしいのかい？」

「いいえ」サーシャは今にも体がばらばらになりそうな気分でまたうめいた。「お願いだからやめないで」

ラファエルが満足げにうなって愛撫を続けた。彼女は懇願し、せきたて、背を弓なりにして嗚咽をもらし、踵《かかと》を夫の背中に押しつけた。

これほど無力な自分が腹立たしいと同時に、とてもすばらしい心境だった。ラファエルを求めている間は苦悩や後悔が消え去ってしまう。快楽の中で我を忘れるという信じられない感覚が続くこと以外にはなにも欲しくなかった。

とはいえ、この特別な瞬間は孤独で寂しくもあった。サーシャは、ラファエルにも同じくらい我を忘れてほしかった。彼が喜びを与えてくれればくれるほど、自分が弱くなっていくのを感じた。夫に魂のかけらを一つずつ盗まれている気がした。

「私の中に入ってきて」サーシャはラファエルの髪をつかんだ。しかし、彼は力強い腕を妻の両方の腿にまわし、その間に舌を押しあてた。

歓喜がサーシャの全身を貫いて爆発し、衝撃が全身を走り抜けた。ラファエルは勢いをゆるめたものの、余韻に震える彼女を喜ばせるのはやめなかった。

ラファエルが体を起こしたとき、サーシャはまだ震えていて鼓動も乱れていた。彼は完全に興奮したまま、無防備な妻の姿を見つめている。

サーシャには手を伸ばしてラファエルに触れる力さえ残っていなかった。だが彼は別のことを期待しているふうで、サーシャのおへそから胸の下へ拳をすべらせ、頬にかかった髪を払った。「ありがとう。楽しかったよ」そしてタオルを取ろうとかがんだ。

信じられなくて、サーシャは嗚咽をもらした。

「あなたは……最後までしなくていいの？」

「ジオが待っている」タオルを腰に巻き直し、ナイトテーブルの時計に目をやった。「朝食はキャンセルしておく。君は眠るといい」

「いやよ」サーシャはまだ頭が混乱していた。

「どうしてだ？　騒ぐことじゃないだろう」

ラファエルの声はさりげなかったが、視線は鋭かった。

ああ、ひどい人、と彼女は思った。夫は私の意図に気づいていたのだ。でも私も過去をさぐられたくなくて彼の体を求めたのだから、おあいこだ。

「私も妊娠できると確かめたいの」サーシャはキモノの紐《ひも》を結び直そうと立ちあがった。

「やめるんだ」彼が命じた。「自分を責めてもなにもならない。僕は君を責めているわけじゃない」

「あなたは責めていないから、私も自分を責めるなってこと？」そう言えば夫が怒るのはわかっていた。

二人はにらみ合った。ほかの夫婦がこんなことをしていたら、離婚しなさいと言っていたに違いない。サーシャは思った。

そのとたん、骨の髄まで凍りついた。

「そうだ。君は自分を責めるべきじゃない」ラファエルが不機嫌そうに答えて浴室へ消えた。続いてシャワーの音が聞こえてきた。

なんて傲慢なの。でも、彼は彼なりに私を支えようとしているのだ。でも、なぜ私が自分に腹をたてているのか夫は知らない。

言ってみればいいじゃない？

言ったとして、それからどうなるの？　ハンボルトと同じ軽蔑の目で見られても耐えられるの？　私自身も感じている軽蔑を夫に抱かれても？　いいえ、耐えられない。絶対に無理。

ラファエルがクローゼットに向かったのを見て、サーシャは浴室へ駆けこみ、キモノを脱いでシャワーを浴びた。

浴室から出てきたとき、夫の姿はなかった。

5

「モリー、来てくれてありがとう」サーシャは、母親がインテリアデザイナーやそのほかの雇った人を家に迎えるときに使うような口調で挨拶した。そして彼女を中へ通すと、ドアを閉める前に誰もいないか廊下を確認した。

モリーは居間をゆっくりと歩きまわっていた。スイートルームはとても広く、居間と寝室の間は本棚で仕切られ、船首のほうにはプライベートデッキがあった。モリーのブルネットの髪は引っつめられ、服はセール品だった。彼女は目をきょろきょろさせ、口をぽかんと開けている。

「本当にごめんなさい」サーシャに気づいて、モリーの表情が曇った。「あなたがアレクサンドラ・ザモスとは知らなかったの。知っていたら来なかったわ。私はなにも言わない。誓ってもいいわ」

相談をする前に、座って朝食を食べましょうとサーシャはモリーに言うつもりだった。けれどそうする代わりに、駆けよって彼女に腕をまわした。

モリーが驚きの声を小さくあげてから、サーシャを抱きしめ返した。かつての親友に受け入れられて、サーシャのささくれた心はうるおった。

「会えてすごくうれしいわ」モリーが言った。

私も会えてうれしいわとサーシャは言いたかったのに、先に涙が出てきた。なんて恥ずかしいの。こんなふうになるのは何年ぶり？

たしかに生理が来るたびに泣いてはいた。それでも涙はぬぐい、怒りの感情にすがって自分をなぐさめるためのパーティはできるだけ早く切りあげた。

サーシャはニュージャージー州のモリーの家から立ち去った日以来、ためこんでいた感情を解放していた。あの日私は我が子と、この世でたった二人しかいない心から愛する人たちから離れた。

サーシャは顔を洗いに行き、冷たい水で濡らしたハンドタオルを持って居間に戻った。ラファエルが戻ってくる前に、目を冷やして腫れと赤みを抑えたかった。「座って食べましょう」モリーがまだ歩きまわっているので、テーブルに手招きした。「パトリシアは元気？」

「元気よ」モリーが目に涙を浮かべ、ティッシュを鼻に押しあててサーシャを見つめた。「リビーはすてきな子よ、サーシャ。とても賢くておもしろくて、ときどきあなたのことを――」

「やめて」胸をナイフで刺された気がして、サーシャは息をのんだ。「モリー、あの子の話はしないで」

私はリビー一人しか妊娠できなかった。

こみあげる切望で息もできず、目にまた熱い涙がこみあげた。

落ち着きを取り戻そうと、サーシャは座ってコーヒーを注《つ》いだ。彼女の母親は感情を無視して、すべてがうまくいっているふりをするのが得意だった。けれど、彼女には説明することがあった。「ラファエルは知らないの。私は誰にも話してない。だからなにも言わないで」

モリーは無言だったものの、顔には傷ついた表情が浮かんでいた。口を開いたとき、声は硬く憤慨が表れていた。「あなたの気持ちは理解できるし尊重するけど、妹が存在しないふりをする気はないわ」

パトリシアとモリーに赤ん坊を預けたのは正解だった、とサーシャは確信した。

「ラファエルとはどうやって知り合ったの？」

サーシャはタキシード姿のラファエルがどれくらいすてきだったか、ダンスに誘われたときはどんなに夢心地になったかを生き生きとした口調で語った。

モリーがポーチドエッグとスモークサーモンをトーストにのせたクロスティーニを手に楽しげな表情を浮かべた。話を聞いてわくわくしているらしい。彼女はダイエットや髪の色や胸を大きく見せるブラで大騒ぎする女性ではなかった。モリーの母親は娘に、ありのままのあなたを愛さない男性は本当に愛しているとは言えないと教えていた。

サーシャはずっと、自分に自信を持っているモリーがうらやましかった。

彼女はラファエルと駆け落ちしたこと、劇的な結婚発表をしたところで話を締めくくった。リビーの父親もそこにいた、とつけ加えるのはやめておいた。夫の顔に泥をぬりたくはなかった。

「ひと目惚《ぼ》れだったみたいね」モリーがうっとりした顔でほほえんだ。

サーシャは大きな音をたててソーサーにカップを戻した。「私たちは最初から、お互いをある程度利用することで意見が一致していたの。だけど、時間がたつにつれて気持ちが高まったわけ」そう言うのは正直でなかったけれど、自分のほうが夢中になっているとは誰にも認めたくなかった。「ラファエルは私を甘やかしてくれて、面倒を見てくれて、支えてくれるの。尊敬し合ってもいるし」そして明るく言った。「ベッドでの相性もいいのよ」

「よかったわね、サーシャ」しかし、モリーは心から感激してはいないようだった。こちらの虚勢を見破っているみたいだ。

「あなたは？」サーシャは水を向けた。「誰か特別な人はいないの？」

「いないわ」モリーが頬をピンクに染めてコーヒーに手を伸ばした。「私は仕事が好きだから」

「相手はジオかしら？」サーシャはからかった。

「やだ、そんなにわかりやすかった？」モリーが悔しそうな顔できいた。

「昨日はびっくりしたけど、あなたと彼の間になにかあるのはわかったわ。彼とつき合ってるの？」

「まさか！　彼は私が生身の女だとさえ気づいていないわ」

サーシャはほかにもなにかある気がした。ジオのような男性がどう動くかなら知っていた。数年前、彼はトスカーナに葡萄《ぶどう》畑を、南仏に城を所有する由緒正しい家柄の女性との結婚を考えていたはずだ。モリーはその女性よりずっと特別な女性だが、ジオはそのことに気づかず、目的のために彼女の片思いを利用できるとしか思っていないのかもしれない。

「彼の魅力には逆らえないの」モリーが無力感にさいなまれたようすで打ち明けた。「わかるでしょう」

「私は夫しか見てないから」そうは言ったものの、ジオ・カゼッラは間違いなくすてきな男性だった。

「彼にもてあそばれないでね」

「心配しないで。もてあそばれたとして、どうしたらいいの？　こんな生活をしている人とつき合うなんて想像もできないわ」モリーがちらりと部屋を見まわした。「でもあなたが幸せそうでよかった」

私も。サーシャはそう言おうとしたけれど、唇が震えていたので噛《か》みしめた。心の傷口が開き、言葉があふれ出る。「私、妊娠できないの」

「えっ？」モリーが背筋を伸ばし、彼女の手を握った。「時間がかかる人もいるから希望を捨てないで。ママに電話してみる？　助けてくれるかも」

「もう一年半になるわ」妊娠するまで十年努力した人もいるのは知っていたものの、ラファエルが休もうと言い出したのが怖かった。私が妊娠できなくても、彼はまだ妻を欲しがってくれる？「私たち、三回体外受精をしたの」サーシャはタオルで、ふたたびこぼれてきた涙をふいた。「二人とも赤ちゃんが欲しいのに、授からないなんて不公平だわ。前に一度産んだなら、また妊娠できるはずでしょう」憤りが潮のように押しよせ、涙がとまらなかった。

「だめよ、サーシャ、やめて」モリーが彼女の手を握ろうとした。「ママと話しましょう。女性が妊娠しにくい理由はいくらでもあるって教えてくれるわ。あなたのせいなんかじゃない。それにもしリビーに会いたいなら、私たちは歓迎する――」

「いいえ」サーシャは手を引っこめ、椅子の上で身をずらした。「ラファエルは後継者が欲しいの。養子縁組については少し話したけど、彼自身が養子だから血のつながりを求めているのがわかるのよ。私も同じ。血を分けた赤ちゃんが欲しいのに、夫に産んであげられない自分にとても腹がたって」

「彼は怒っているの？」モリーが気色ばんだ。「あなたにプレッシャーをかけるの？」

「いいえ」サーシャは涙をこぼした。「彼は少し不妊治療を休もうって言ったわ。そのせいでよけいにみじめな気分なの」モリーが抱きしめようとするのを払いのけた。「私をこれ以上泣かせないで」びしょびしょになったタオルをまた目にあてた。「それを下ろして、私を見て」

そうしたくはなかったけれど、モリーの愛のこもった厳しい口調はパトリシアにそっくりだったので、サーシャはタオルを持つ手を膝の上に置いた。

モリーが沈痛な面持ちで身を乗り出した。「あなたが十代のころに妊娠したのは、倍も年上の男性に利用された結果でしょう。ラファエルに言えないような悪いことはしていないわ」

「彼が既婚者だと私は知ってたのよ、モリー」

「でもあなたは十六で、彼は大人だった。なのに、責任を押しつけた。彼のほうが罪は重いわ。ハンボルトになにを言われたか知らないけど、最低な人間の言葉なんて気にしないで」

サーシャはもう一度タオルを目にあてた。モリーがまだ自分をかばってくれることに感動していた。

たしかにハンボルトからふしだらな女、家庭を破壊した女だとののしられて、心の一部ではそのとおりだと認めていた。

「誰かに相談したことはある？」サーシャが悩みをかかえていたときにパトリシアがしてくれたように、モリーが彼女の髪を撫《な》でながらきいた。

「十六歳の妊娠のことを？　いいえ。不妊治療の専門医は悩みを聞いてくれる人を紹介してくれたけど、話すのがいやで……」サーシャは絶望した目でモリーを見た。「私には無理だわ。相談なんてできない。信じられないもの。ラファエルも理解する努力はしてくれていても、理解できているわけじゃない」だから告白できない。

「じゃあ、私に話して」モリーが椅子に座り直した。

サーシャは深呼吸をして気を静めた。「私は子宮内膜症なの。いつまでがんばっても、たぶん妊娠はできないわ。受け入れたくない事実だけど、失敗するとわかっていて注射や検査や処置は続けられない。今度こそ妊娠したと思ったら流産するようなものだから。そうなったらラファエルがどうして結婚しているのかわからないくらい、いやな女になってしまうわ」結婚が終わると思うと恐怖で声がつまり、喉が熱くて痛くてたまらなかった。「なぜ好きでもなかった男性の子は妊娠したのに、愛する男性の子は妊娠できないの？　不公平だわ」

「ああ、サーシャ。つらいわね」モリーの顔にも苦《く》悶《もん》が浮かんでいた。

その瞬間、サーシャの悲しみが少しやわらいだ。もはや息苦しくはなかった。モリーが一部を背負ってくれたからだ。どうすれば彼女ともっと一緒にいられるのかしら？

「代理母を考えたことはある？」モリーがやさしく尋ねた。

「真剣にはないわ」サーシャはため息をついた。「どうして必要なのか、みんなに話さなくちゃならないし」妊娠できないつらさがよみがえってきた。

「誰にも話さなくていいわ。子供を持つのはあなたなんだから」モリーが憤慨した。

「でも面接は必要でしょう？　誰を選んでも赤の他人よ。自分たちの生活には入れたくない」ラファエルとの間に信頼できない見知らぬ人が割りこむのはいやだった。「だから自力で妊娠したいのにできなくて、みじめで、役立たずで、独りぼっちだという気持ちにうんざりしているのよ」泣いてもしかたないとわかっても涙が出て、サーシャは腹をたてた。

「サーシャ、自分を責めるのはやめて。あなたは私たちをすごく幸せにしてくれたわ。もし――」モリーが唇を噛みしめ、不安げな表情を浮かべた。

「なに？」ラファエルに話を聞かれていたのかと思っておびえながら後ろを見たけれど、誰もいなかった。「なんなの？」先を促した。

「もっとよく考えたほうがいいのかもしれないけど」モリーがしかめっ面になった。「あなたが私たちに与えてくれた幸せを、私もあなたに与えたいわ、サーシャ。私があなたの代理母になるのはどう？」

彼女は断ろうとした。「モリー……」

サーシャの心臓が大きく打った。モリーは親切で心やさしいからそう言ってくれただけだ。この十年、モリーに一度も連絡しなかったのはリビーを守るためだった。でも、親友と会えなかったのは残念でたまらない。

「私は真剣よ」モリーがまじめな顔で身を乗り出し、サーシャは胸の中で希望が芽吹くのを感じた。「代理母になれるかどうかは検査が必要だけど、私がどれだけ妹を欲しがっていたかは知っているでしょう？　あなたは私に妹をくれた。リビーは本当にすばらしい贈り物だったわ。ママと私がどれだけあの子を愛しているか、言葉では言い表せない。もしあなたにあんなに愛せる存在をあげられるなら、私はそうしたいと思ってる」

「モリー、やめて。ラファエルにどう説明すればいいの？　どうやって――」

「どうやってって言うってことは、返事はイエスなのね」モリーが指摘した。「私が代理母になれるか調べてほしいんでしょう？」

そうするべきではなかったけれど、サーシャは希望と親友の理屈にしがみついた。モリーに代理母を依頼するのが正しいのか考える余裕はなかった。

代理母になってもらえば、私はモリーにまた会えるようになる。

「でも、そんなことを頼むのはずうずうしいわ」反論の声は弱々しかった。

「あなたに頼まれたからなるんじゃないわ。私がなりたいのよ」モリーがにっこりした。「だから代理母をさせて。あなたのために」

サーシャは言葉を失った。どうすればいいのか、どんな言葉を返せばいいのか見当もつかなかったので、ただうなずいた。「あなたが本当にいいのなら、お願いしたいわ、代理母を」

「近々、ロンドンで仕事がある?」アテネから一時間ほどのところにあるアッティカの邸宅に着いたとき、アレクサンドラが尋ねた。

妻のために建てたこの邸宅は五階建てで、予想以上に階段が多かった。だがセンスがいいだけでなく、すばらしい景色や大理石のプール、節水型の庭園などを備えているうえに温かみがあった。夫婦は服を脱ぎ、裸でプールに入っていた。

「差し迫ったものはないよ。なぜだい?」ラファエルは二週間近く会社から離れていた。アレクサンドラ号でも精力的に働いたが、今は本社で片づけなければならない用事が山積みだった。とはいえ、ジオはロンドンに本社がある。そこで彼と会うのもいい考えかもしれない。

「代理母を見つけたの」

「なんだって?」ラファエルは水中に潜り、立ち泳ぎをしている妻のそばで水面に浮かびあがった。

「うれしそうじゃないのね」アレクサンドラがラファエルを見ずに背を向けて階段に向かった。プールの中にいるときと同じように髪を濡《ぬ》らさず、屋外用のシャワーを浴びる。それからシャワーをとめ、戸棚からバスタオルを出して体に巻きつけた。

「話してくれ」ラファエルもシャワーを顔と胸に浴びた。湯をとめ、差し出されたバスタオルを受け取る。涼しい夕方だったが、体はふかずにバスタオルを腰に巻き、妻のあとから外階段を上がって寝室に向かった。部屋にいたメイドはすぐに出ていき、二人は夕日を浴びながら服を着た。

「私がジオの秘書と朝食をとったのを覚えてる?」

その声は明るすぎて、ラファエルは身構えた。

「たしか、モリーとかいう女性だったたな」

「ええ。私、彼女に自分の問題を話したの」

「なぜだ？」純粋に驚いた。妻はラファエルにもなにも話そうとせず、いくら役に立つと言われてもカウンセラーに会うのすらきっぱり断っていた。

「彼女の母親は助産師なんですって」アレクサンドラが肩をすくめた。「いろいろ話した結果、彼女が代理母になると言ってくれたのよ」

彼は信じられなかった。「動機は？」

「お金が欲しくて妊娠する人を見下すつもり？　あなただって私の財産のために結婚したでしょう？」

「一本取られたな」ラファエルはズボンをはいた。

「たしかに代理母も仕事だ」そう考えたことはないが。「代価は支払われなければならない」

「あなたは私の夫でいることをそう思っているの？　仕事だと」セーターを頭からかぶりながら、サーシャが強い口調で問いつめた。

まったく、最近の彼女は刺々《とげとげ》しい。「運命だと思っているよ」ラファエルは妻の首筋に手をやった。

「たまに危険手当がもらえる運命だと」

唇にキスをしようとしたら、アレクサンドラが顔をそむけた。頬にキスをして、彼はいらだちつつ自分のシャツをさがした。

「どうして彼女が適任だと思うんだ？」シャツの袖に腕を通す。「代理出産の経験があるからか？」

「いいえ」妻がぴったりとしたヨガ用パンツをはいた。「彼女からもその点が問題になるかもしれないと言われたわ」

ラファエルは気にしなかった。その問題は金額しだいで解決できる。「なぜ彼女を代理母に選んだ？」

「秘密を守れる人だから」

「どうしてわかる？」

「そうでなければジオの下で働いていないわ」

たしかに。

「彼女は誠実で、自制心もありそうなの。ミモザを勧めたときも、勤務中だからと断られたのよ」

「ずいぶん肩入れしているな」

「私が簡単に人を信用しないのは知ってるでしょう？　彼女は正直で責任感もありそうだし、ロンドンにいる。そこにドクター・ナルラという医師がいて、適任だと思っているの。少なくとも、代理母になれるかどうかモリーに検査を受けてもらうべきじゃないかしら」

ラファエルの直感は妻が説明した以上の事情があると告げていたが、口調が明るくなったことには安心した。アレクサンドラの言うとおり、検査をしても害はない。「君がそうしたいならかまわない。彼女に検査を受けてもらってくれ」

「いいの？」ようやくアレクサンドラがこちらを向いた。今のように化粧を落としてなにかを求めていると、彼女はとても幼くはかなげに見えた。

ラファエルの胸が締めつけられた。彼は自分と同じくらい用心深く、ライバルたちとの闘い方を心得ているアレクサンドラを頼りにしていた。普段の妻は心強い女性だったが、この瞬間の彼女ははっきりと子供を欲しがっていて、ラファエルはできるだけのことをしたかった。アレクサンドラが代理母を雇いたいならそうすればいい。

「わかった」彼女の冷たい手が首にまわされ、唇が唇に重なると、ラファエルは気分が高揚した。「君には幸せでいてほしいんだ、アレクサンドラ」不妊治療をするまでは妊娠は簡単だと思っていたが、そうではなかった。「うまくいくと思うなら進めればいいよ」

アレクサンドラが全身を密着させ、ラファエルの耳元で心をこめて言った。「ありがとう」

6

さまざまな検査とカウンセリングのあと、採取した卵子に受精させ、代理母の子宮に着床させたときには翌年の四月になっていた。サーシャは結果を待つ間、自分もモリーがいるロンドンに滞在すると申し出たけれど、友人に遠慮された。二人とも一度は着床しないかもしれないと覚悟していた。

サーシャはリオデジャネイロにあるコパカバーナビーチを見おろすホテルの部屋のテラスで、ラファエルと朝食をとっていた。すると携帯電話の画面に〝ドクター・カーラ・ナルラ〟の名前が表示され、電話に飛びついた。医師の秘書がモリーの顔を画面に表示させ、医師自身も現れた。

「おはよう、アレクサンドラ。こんにちは、モリー。ラファエルもいるのかしら？」カーラが言った。

「ええ」サーシャは夫に目を向け、電話を強く握った。彼がコーヒーを置き、ビデオ通話に耳を傾ける。

「おめでとう――」

サーシャはそれ以上聞こえず、刺すような感情の波に襲われた。これはいい感情？　それとも悪い感情なの？　わからない。ただ胸は高鳴り、息が苦しい。視界もぼんやりしている。

ラファエルが力の入らない妻の指から電話を取った。画面のモリーの声は興奮しているようだ。

なぜ私はそうじゃないの？　幸せじゃないの？

「妻はショックを受けているんだと思う。あとで電話させるよ、モリー」ラファエルの声は温かく、誠実で、笑いもにじんでいた。

彼は幸せなのだ。サーシャにはわかった。

ラファエルが電話を切って脇に置き、椅子から彼女を引きよせた。「僕たち二人はやったぞ」

いいえ、違う。私はなにもしていない。

「震えているね」夫がサーシャを抱きしめた。

「まだなにがあってもおかしくないわ」彼女はうわの空でつぶやいた。うまくいかない展開を望んでいたわけではなかった。絶対にそんなことはない。モリーには流産やショックを経験させたくない。

しかし、サーシャは自分が友人にとんでもない頼みごとをしたのを痛感していた。なぜモリーは引き受けてくれたの？　私なんかのために。

ラファエルはサーシャに腕をまわしたまま、目を細くして彼女を観察している。サーシャははっとし、自分が間違った反応をしているのに気づいた。

「三カ月たたないと人には言ってはいけないというもの。だから――」愛着は持ちたくない。「安定期に入るまで待ちたいわ」夫の腕から逃れ、テラスの手すりへ行った。「両親にも知られたくない。絶対に」振り返って訴える。「ハンボルトは自分の立場を守ろうとするに違いないもの」継父はまだ財産の大部分を管理していた。そんなまねができるのは母親が許しているからだ。「あの男はモリーを見つけて嫌がらせをするわ」世間になにもかも暴露して、赤ん坊を危険にさらすはず。「赤ちゃんが生まれればすべてが変わって、あの男から財産を取りあげられる。リスクは冒せないわ」

「財産だけが赤ん坊が欲しい理由だったのか？」ラファエルの声は冷ややかで皮肉めいていた。

「いいえ」サーシャはまだくらくらする頭で夫を見た。私がそんな女ならリビーのことを明かせた。これまで何千回も言おうとしたけれど、モリーの妹でもある少女を自分の世界に近づけたくなかった。そうすることが母親としてリビーのためにできる、もっとも愛情深い、無私な行いだと信じていた。

ラファエルはサーシャを、初めて見るような目で見ていた。

「いいえ」声はまだ緊張していたものの、無理やり気を落ち着けた。「でもあれは私の財産なの。父が私と私の子供のためにと遺《のこ》してくれたお金だから、ハンボルトに好きにされたくない。あなただって私の立場ならそう思うでしょう? 障害を取り除くためにどんなことだってするはずよ」

「そのとおりだ」ラファエルの口元は険しく、目は疑わしげだった。「それでも僕たちに赤ん坊ができたと聞いたとき、真っ先に頭に浮かんだのは金のことじゃなかったよ」

「だからあなたは私よりいい人なんでしょうね」サーシャは景色に目を戻したけれど、ぼんやりとしか見えなかった。赤ん坊ができても夫との関係はなにも変わらなかった。どうして変わると思っていたのかしら? この期に及んで、私はまた間違った選択をしてしまった。

いいえ、間違ってなんかない。私は赤ちゃんが欲しいもの。ラファエルの子が。

ああ、神さま。サーシャは両手に顔をうずめた。モリーのおなかにいる赤ん坊がどれほど欲しいか。もしその子が生まれてこなかったら……。

「アレクサンドラ」ラファエルの手が彼女の腕に触れた。「うれしい知らせを聞いたばかりなのに、喧嘩《けん か》はしたくない。君も喜んでいるんだろう?」

「もちろんよ」彼女は言いきり、涙をこらえて夫に向き直った。「でも怖いの」めったに気持ちを正直に打ち明けることはないけれど、今は言葉が勝手に口から出てきた。「うまくいかなくてふり出しに戻るのが」自分が母親になるのも。

今度は我が子を手放さない。それなら人生の試練に立ち向かえるよう、赤ん坊を導く方法を学ばなければ。でも誰かを愛し育てることについて、私がいったいなにを知っているというの?

「もし私がひどい母親だったらどうすればいいの？私が私たちの子をだめにしたら」

「だめにする？　甘やかす気かい？」ラファエルがサーシャの頬にかかっていた髪を耳の後ろにかけた。

「僕も甘やかすかもしれないが、たとえ失敗しても心配はしていないよ。君のお母さんはよく言ってもなにもしなかったが、君は立派に成長した」

「なに言ってるの？」サーシャは胸が痛かった。本当に痛かった。彼は間違っている。

「たしかに君はお騒がせなパーティガールだった」ラファエルが彼女の腰に腕をまわした。「そこが君のおもしろいところだ」

サーシャのゴシップのほとんどは誇張されていたり、勘違いだったりした。けれど奔放だと思われるのはありがたかった。両親を怒らせることができたし、十六歳のとき、ニュージャージー州で本当はなにをしていたのかかぎつけられずにすんだからだ。

ラファエルの手がサーシャの首を包みこんだ。

「どんな親でも自責の念に駆られる瞬間はある。だが、僕たちの夫婦仲に問題はない」

問題はないという言葉がサーシャは気になった。彼にとって私はその程度の存在なの？

「どんなことがあってもいつものように乗り越えられるよ。お互いに正直でいれば」

彼女は夫のシャツのボタンから目を上に向けられなかった。自分の秘密を知られるのが怖かった。

「君は正直な人だろう？」彼が続けた。

喉にあてた手に鼓動が強く響いた。「ええ」声は嘘《うそ》みたいにかすれていた。ええ、そのとおりよ。

でも、隠しごとが一つもないわけじゃない。

「じゃあ、気にするのはやめよう。なにかあったら一緒に対処すればいい」ラファエルがもう一度サーシャを抱きよせ、唇をこめかみに押しつけた。「今は最初の赤ん坊ができたことを祝おうじゃないか」

彼にとっては最初の、だけれど。

サーシャは全身を震わせた。けれど気持ちを抑えつけ、固い胸に顔をうずめて夫を抱きしめた。


アテネに戻ったラファエルは、赤ん坊ができれば、前の二人に戻れると期待していた自分に気づいた。現実主義者の彼でも、妻との距離が縮まるどころか広がっている現実に向き合うのはかなりつらかった。

妻はまだ自分の不妊を悩んでいるのだろう。

ドクター・ナルラがモリーに代理出産を許可する前、二人はカウンセリングを受けた。そのときラファエルは、アレクサンドラがどれほど妊娠できないせいで敗北感や自己無能感に苦しんでいるのか、自分たちの赤ん坊を人に産んでもらうのがどういうことなのか、男としてできるだけ理解に努めていた。

彼自身も複雑な思いはあった。代理母を頼むのは、自分たちの結婚生活に他人が入りこむのを許す気がした。

モリーに不満があったわけではない。快活な彼女は妊娠に熱心に取り組んでくれた。金のためにしているのかもしれないが、強欲とは感じなかった。

それどころか代理母になる報酬として、モリーはアメリカやほかの国の相場をもとに常識的な金額しか要求しなかった。医療費やパジャマ代、キャリアを中断する間の保障など、どれも合理的な要求としか言えなかった。

ラファエルが提示された数字にゼロをつけ加えると、モリーは愕然《がくぜん》とすらした。そんな彼女に、ラファエルは好感を持っていた。つつましやかな中流階級出身のモリーは、出世したいという夢とともに現実的な感覚も持ち合わせていた。

モリーはまた、ラファエルが思いつかなかった配慮もしてくれた。親切で慎重な彼女は最初の検査を受ける間に、秘密保持契約書に快くサインしてくれた。健康で適切な候補者だと診断され、代理母の話を進めることが決まると、彼らは契約の交渉に入った。モリーはもし夫婦が親権を持てなくなった場合や、なんらかの不幸が夫婦のどちらかに降りかかった場合にどうなるかについて、もっともな質問を投げかけた。二つの点を除けば、すべてにおいて冷静かつとても柔軟に対応してくれた。

「私の母にも秘密保持契約書にサインさせてほしいの。今後、協力してもらいたいので。助産師の母は患者の秘密を守る大切さを知っているから、大丈夫だと思う」モリーが言った。

「わかったわ」秘密主義のはずなのに、アレクサンドラは即座に承知した。

ラファエルは、一度も会ったことのない人を信じようとする妻を奇妙に思った。アレクサンドラが両親の心配をするのは理解していても、この期に及んでなにをされるのだろうかとも考えていた。彼女は成人し、結婚し、両親から離れて暮らしている。僕の資産が増えつづけているなら、妻が受け取る信託財産は必要ない。自分のものを取り戻したい彼女の気持ちはわかるし、尊重している。だがハンボルトがなにかしてきたら、義父を法廷に引きずり出して裁きを受けさせればいいのでは？

そう指摘しようと思ったことなら何度もあったが、過去に触れずにいるからこそ二人は関係を保てていた。どちらも互いに干渉するのを避けていた。

だから、あれほど両親になにも知られないようにしているアレクサンドラが、アメリカに住む見ず知らずの女性には夫婦の間の問題を打ち明けたと聞いて驚いたのだ。

しかも、妻と代理母となる女性とはすぐに打ち解けたらしかった。アレクサンドラがモリーの母親にも代理母の件を話していいと言うと、モリーは安堵《あんど》の笑みを浮かべた。彼女の〝ありがとう〟という言葉は感謝以上のなにかを伝えているようだった。

ラファエルは警戒した。これはなんだ？

「あなたは私と母の身辺調査をしたいのでしょうね」モリーがラファエルに言った。「私はかまわないし、母も同じだと思う。でもそのとき、私の妹の出生については調べないでほしいの。彼女は自分が養子だとわかってるけど、生みの親の名前をいつ知るかはあの子の判断に任せたい。その情報はあなたにはなんの関係もないし」

アレクサンドラがまたしてもラファエルより先に口を開いた。「夫はそういう事情に理解がある人なの。彼が養子なのは秘密じゃないけど、その事実が不利に使われたこともあるから、妹さんの出生を調べたりしないわ」ラファエルに向けられた彼女の視線は、反対しないでと訴えていた。

ラファエルはどちらがよりショックだったのかわからなかった。アレクサンドラが僕に代わって発言したことか？　彼女に倫理観を疑われたことか？　めずらしく彼は傷ついていた。

「そのとおりだ」ラファエルはさわやかに肯定し、蹴りつけられ、さんざん罵倒されてきた過酷な記憶から心を守った。「妹さんの実の両親が彼女の人生にかかわりを持たず、僕たちの人生にも影響を与えないなら、彼らをさがす理由はない。妹さんの出生を調査したりはしないよ」

気のせいか、僕がモリーの要求をのむことにしたら、アレクサンドラがほっとしなかったか？

彼はちらりと妻を見た。彼女は椅子の上で姿勢を正し、髪を後ろに払って、モリーに人あたりのいいほほえみを向けていた。

「妊娠が確定したら、どうやってあなたの妊娠を隠しておくかという話に移りましょう」アレクサンドラが言った。

「私、傷病休暇を取れるの。調べてみたけど、理由を伝える要はないんですって」モリーが口を開いた。「母にも出産に立ち会ってもらいたいんだけど、そのためには私がアメリカに帰らなければならない。プライバシーをとても大切にするあなたたちにとっては、理想的ではないわよね。だからちゃんとした医療が受けられるのであれば、あなたたちの都合のいいところで出産したいと思ってるの。そうなるとアテネになる？」

「おなかが大きくなってきたら、島の別荘にいてもらえばいいんじゃないかしら」アレクサンドラがラファエルをちらりと見た。「街からは離れているけど、陣痛が始まったらヘリコプターを使えばアテネまですぐだもの」

「あなたも一緒に滞在してくれる？」モリーが明るい声でアレクサンドラに尋ねた。

「なぜだ？」どういうわけか脅威を感じて、ラファエルは口を挟んだ。

「赤ちゃんと絆《きずな》を結ぶために」当然でしょうというように、モリーが驚いてまばたきをした。

「なるほど」ラファエルは妻を見た。

アレクサンドラが目を伏せた。退屈そうな表情を浮かべたので、なにを考えているかはわからない。

「考える時間をちょうだい」彼女がつぶやいた。

そのあとの法的な部分については三人ともすんなり合意した。また電話がかかってきて、妊娠が確定した。赤ん坊はまだインゲン豆ほどの大きさだったが、ラファエルは子供ができたという事実で頭がいっぱいになり、予想以上の期待を覚えた。

感傷的な男ではないが、自分とアレクサンドラの血を引く子が生まれると思うと心が高揚した。そのつながりは決して消えない。

男らしさとは概念であり、子孫を残すことで証明されるものではない。僕は養父の姓と会社を引き継ぎ、自分のものにした。血のつながりがなくても成功はできるのだ。

しかし血のつながりを重要視する人たちもいる事実を考えると、子供ができたという満足感が強くなった。王朝とは一人の男が成りあがって築けるものではない。跡継ぎは継続性の象徴だ。そのため、ラファエルは世間に赤ん坊が生まれると発表したかった。そうすれば養父の事業を引き継いで以来続けてきた努力も報われると思った。

養母には血の匂いをかぎつけた鮫《さめ》のような男たちを撃退する力がなかった。彼らはラファエルをまともに扱わなかった。従業員たちでさえ、十代の若者に命令されても苦笑しただけだった。当時の彼にあったのは後継者という立場のみで、多くの者はそれを非公式な肩書きとして否定した。

だから自分と同じ遺伝子を持つ子供を授かったことは重要だったとはいえ、この煮えたぎる満足感の源には違うものもあった。ラファエルは妻との消えないつながりができたのがうれしかったのだ。

それこそが勝利感の理由だった。子供ができたという達成感ではなく、赤ん坊が象徴する決して切れることのない絆を喜んでいた。

なぜそんなに重要なのだろう？　彼は不安になった。うれしいとは思いたくなかった。

最近の妻はひどくつかみどころがなく謎めいていて、ラファエルはもとに戻すためならなんでもしたかった。出産予定日はクリスマスあたりだったが、その時期を早められるなら早めたかったし、もっと家族を増やしたかった。赤ん坊の成長が楽しみでしかたなかった。

しかしアレクサンドラは夫と熱意を分かち合うどころか、彼の態度が癇《かん》にさわるらしかった。「なにがあるかわからないのよ」彼女はそう警告したうえ、モリーへの報酬を全額支払う手続きをした。代理母への報酬は妊娠の週数に応じて段階的に支払われる予定だった。

「そうしてくれと彼女が言ったのかい？」ラファエルはアレクサンドラに尋ねた。

「いいえ、私はモリーがちゃんとした生活が送れるようにしてあげたいの。彼女はつわりがあるんですって。それなら早くお金をあげたほうがいいわ」

「そのことは契約書にも書いてある。もし体調が悪くて働けない場合は早めに休暇に入ってもらい、その間の給与は僕たちが保障すると」休暇に入ったモリーは島の別荘へ移って、赤ん坊が生まれるまでなんの不自由もなく暮らす。出産後は最後の報酬を受け取って、職場に復帰する。

「お願い、ラファエル。固いことは言わないで」アレクサンドラの口調がきつくなった。「彼女がどんな思いをしているか、あなたにはわからないのよ」

「そうだな」彼は同意した。「僕にはわからない。だからこそ君にメールするときは、僕のアドレスも加えるよう彼女に頼んでくれないか？」

「女同士の話を、モリーはあなたに見られたくないと思うわ」

「それでも」ラファエルは辛抱強く続けた。「最新の情報は知りたい。僕には、彼女が君を操っているんじゃないかと——」

「違うわ」夫に携帯電話を奪われると思っているのか、アレクサンドラが胸の前で携帯電話を握りしめた。「あなたが疑うのはわかる。でも彼女はそんなことをしていない。この一週間は大変だったと言ってたから、できるだけ楽に過ごさせてあげたいの」

彼は安心すると同時に疑問を抱いた。「君が心配なのは赤ん坊なのか？　モリーなのか？」

驚いたような間が空いた。「両方とも心配しているわ。当然でしょう」アレクサンドラが立ちあがって歩き出した。

「アレクサンドラ」ラファエルは大きな一歩で妻に

追いついて手首をとらえた。「君は罪悪感を抱いているのか？」

一瞬、アレクサンドラの顔に赤裸々な罪の意識がよぎった。彼女がラファエルの手から逃れた。

「メイドにクリーニングした服を取りに行ってもらうのとは違うわ。モリーにはいい気分でいてもらわなくちゃ。人生が一度保留になるんだから」

「わかるよ。だが、彼女はそのことも理解していただろう。なにかあったら連絡をくれと伝えてある」

彼は携帯電話を顎で示した。「彼女と話させてくれ」

「なぜ？」アレクサアンドラの手がまた携帯電話を握りしめ、顎が上がった。

「彼女のようすが知りたいからだ」

「わかったわ」妻が奥歯を噛《か》みしめた。

なんなんだ？

その瞬間、彼は気づいた。結婚当初のような平和で楽しい日々に戻るどころか、二人の間にはまた新たな緊張が生まれている。

おそらく、アレクサンドラは赤ん坊が心配なだけだろう。モリーの体調が悪いなら赤ん坊にも影響が及ぶから。そう考えれば納得がいく。

翌日のモリーからの電話では、つわりは困るがひどくはないと伝えられ、心配いらないと言われた。

数週間後、二人は妊娠十二週目の健診に立ち会うためにロンドンへ飛んだ。クリニックにはモリーがすでにいて、明るく幸せそうな顔を二人に向けた。

妻と代理母が長年の友人のように抱き合うのを見て、ラファエルは驚きを隠せなかった。二人は頻繁にメールのやりとりをし、日に日に親密になっているようだ。しかし、それが不思議だった。アレクサンドラは普段、学生時代から知っている女性を含めた誰にでもよそよそしかった。

「ああ、サーシャ。そんなに強く抱きしめないでよ」モリーが冗談っぽく抗議した。「検査のために水をたっぷり飲まなきゃいけなかったんだから」

「ああ、ごめんなさい」アレクサンドラが笑った。

モリーは検査着に着替えるため、しばらくして看護師と一緒に出ていった。

「彼女は君をサーシャと呼んでいるのか？」ラファエルは尋ねた。

「そうなの。モリーの幼なじみに私と同じ名前の子がいて、サーシャと呼んでたんですって。かわいいでしょう？」だが、目を合わせようとはしなかった。

二人は看護師につき添われて短い廊下を歩き、暗い部屋に入った。モリーは台の上にいた。シーツが腿にかけられ、検査着は胸まで上げられ、まだ平らなおなかがあらわになっている。

妻ではない女性のプライバシーを侵害しているようで、ラファエルはためらいを覚えた。

アレクサンドラが台に駆けより、モリーの手を握った。「大丈夫？」

モリーが答えた。「わくわくするわ」

ラファエルはアレクサンドラの後ろに立ち、彼女の両肩に手を置いた。二人とも視線はモニターに釘《くぎ》づけだった。検査技師が白黒の二次元画像を表示させ、胎児の心音を指摘すると、息をのんだ。ラファエルは安堵の息をもらした。

技師がさまざまな計測を行ううちに、現実味が増した。あれは僕たちの子供なのだ。ひょっとしたら彼女そっくりになり、性格も似ているかもしれない。

鼓動が激しくなり、自分の手で小さな命を守るという力がわいてきた。

技師が三次元の画像に切り替えた。モニターに黄色がかったピンクの濃淡で表された胎児の姿が映し出される。片方の膝を曲げているので性別がわからないが、赤ん坊があくびをして伸びをした。

全員がくすくす笑い出した。ただし、アレクサンドラは違った。彼女はくぐもった声をあげ、夫が触れている肩を震わせた。そして突然、ドアから出ていった。

「サーシャ！」モリーが叫んだ。

「アレクサンドラ！」ラファエルも同時に声をあげ、急いであとを追いかけた。

彼女はすでに廊下の向かい側にあるトイレに駆けこんでいて、目の前でドアが閉まった。彼はののしりの言葉を嚙み殺した。

しばらくしてモリーが検査室から出てきた。

「嘘でしょう？」トイレのドアに鍵がかかっているのに気づいて、彼女がノックした。「サーシャ、このままじゃ床に粗相しちゃいそうだわ」

かちりという音とともにドアが開き、モリーが中に入ったが、アレクサンドラは出てこなかった。鍵がまたかちりと鳴り、ドアが閉まっただけだった。

7

「いったいなんだったんだ？」ロンドンで定宿にしているホテルのスイートルームに入ったとき、ラファエルが尋ねた。

「めまいがしたの」サーシャはなんでもないという口調で答えた。「ちょっと感情的になっちゃって。私があの子を本当は望んでないんじゃないかって、あなたはいつも心配する。きっとそのほうがうれしい――」口から嗚咽《おえつ》がもれ、続けられなくなった。

泣いてはだめ。モリーの前で一度泣いたんだから。

携帯電話が鳴った。クリニックから妊娠は順調だという知らせとともに、エコー検査で撮った画像が送られてきた。

サーシャは画像を見られなかった。十代のころ、エコー検査を受けたときの記憶がフラッシュバックするからだ。そのあとにわきあがるすさまじい切望にはもう一度耐えられる気がしなかった。

赤ん坊が欲しい。モリーのおなかにいる胎児の画像を見る間、そう思っていた。画像の赤ん坊も、最初の子もどちらも育てたかった。

けれど、彼女は二人の子に距離を感じていた。原因は自分にあった。わざとリビーにかかわってこなかったのだから。そのほうがリビーのためだと自分には言い聞かせていたけれど、本当は出産とリビーの養子縁組について気持ちを整理できていなかったからだった。ラファエルに打ち明ける覚悟もできていなかった。

「アテネの家に帰ったら、カウンセラーにかかってみるのはどうだい?」ラファエルが提案した。

「正常な反応だと言われるだけだわ」サーシャは一蹴した。

ラファエルが鼻を鳴らした。

「私たちのような立場の人間にとってはそうなの」

本当だろうか? サーシャはひび割れた氷の上を歩いている気分だった。窓へ歩いていき、外を眺める。ラファエルに心が壊れる寸前の自分を見せたくなかった。「エコー検査で異常がないとわかったから、モリーは休暇を申請すると言ってたわ。まだおなかがめだたないし、あと一カ月ほどは働くそうよ」

「彼女と三十分間、トイレにこもってそういう話をしたのか?」

「あなたったら! 私がなにを言ったか本気で知りたいの?」責められたように感じて、ラファエルのほうを振り向いた。「私は感謝しているけど、怒りもあると言ったの。モリーがすごく簡単に妊娠したから。本当は私がしないといけないのに」

ラファエルが大きくたじろいだ。

モリーがショックを受けなかったのは、おそらくカウンセラーからサーシャの反応について警告されていたからだろう。サーシャが謝ると、モリーは快く許してくれた。母親になる不安を吐き出したら、抱きしめてもくれた。

「結婚するとき、あなたは後継者が必要だと言ったでしょう。だから子供を産みたいの」声はひび割れていた。「でも、つらくてたまらなくて」

「わかっている」ラファエルの顔が苦悶《くもん》にゆがんだ。「だが言ってくれていたら――」

「やめて」彼女は冷たく警告した。「それなら代理母なんて頼まなかった、なんて言わないでね。私はあの子を望んでいるんだから。でも、あなたはどうなのか私にはわからないわ」

「僕は妻を取り戻したいんだ」彼がいらだたしげにサーシャを手で示した。「僕には目の前の女性が誰かわからない。君は知らない人になってしまった」

サーシャはおもしろくもなさそうに笑い、ふたたび窓に顔を向けた。傷つき、混乱し、最善の選択をするのに疲れていた。どうすれば夫という大切な存在を失わずにいられるの？

でも、ラファエルにはきけない。結婚したころの中身のないパーティガールとは違う、と不満に思われても。彼は本当に、私にそういう女であってほしいと願っているの？

絶望から口調が暗くなった。「私にとってもあなたは知らない人になってしまったわ、ラファエル」

「ありえない。僕は結婚したときのままだ。ただもっと金持ちになっただけで」

「そうね。でも三年前より今のほうが知らないわ」サーシャはまた振り返った。「あなたの養父母の名前は知っているわ。マリーナに侵入して逮捕されたことも。でも誰があなたの保釈手続きをしたの？顎の下にナイフで切られたような傷跡があるのはなぜ?」

ラファエルの顔から表情が消えた。話を受け流したいときの彼の癖だ。

「ジオとの取り引きで莫大《ばくだい》な利益を得られるのはわかってる。だけど、あなたはすぐそれを二倍にしようと考えるでしょう。赤ちゃんが欲しいと言うけれど、それはなぜ? 子供にもいらいらする仕事ばかりさせるつもりなの?」

「僕はいらいらなどしていない」

「お互いに嘘《うそ》はつかないと約束したでしょう」サーシャは言った。

「わかった。僕がいらいらしているのは仕事のせいじゃない」彼が妻を指さした。「君はクリニックで取り乱した理由を教えてくれない。ほかにもモリーと話したんじゃないのか? モリーが僕たちの子を身ごもって複雑な感情になったと話すのに三十分も必要だったのか? どうして僕には言いたがらないんだ?」

「あなたが聞きたくないからだわ! 話を聞いてた? 私が質問したのにあなたは答えるどころか、私を責めるだけなのね」

「保釈の手続きをしたのは養母だ」ラファエルが当然だろうというように言った。「それに、君も僕と同じくらい金は欲しいだろう」背を向け、サイドボードで飲み物を注《つ》いだ。

「いいえ、私が欲しいのは私のお金なの。自分のものだから誰にも取られたくない。それはお金をためこんで会社を大きくするのとは違うわ。なぜそこまで利益を上げることにこだわるの?」

ラファエルが動かなくなった。横顔しか見えないが、頬が引きつっているのがわかる。彼がまばたきをし、飲み物を注ぎおえた。「君が信じたがっているほど、僕に謎の部分はないよ。僕の養父の会社に圧力をかける者たちがいたことは話しただろう?

だから、人の言いなりにはなりたくないんだ。金がたくさん欲しいのは力を持てるからだが、そのせいで君を心配させたいわけじゃない。だがなにが問題なのか言ってくれないと、僕にはどうにもできないだろう？」

「私たちは問題だらけなのよ。どうしてそれがわからないの？」サーシャは訴えた。

ラファエルが飲み物を口に運んだ。「今、僕たちは大変な時期にいる。状況が急速に変わっているが、順応していけば大丈夫だ」

彼女は深い失望に襲われた。夫が心の内をさらけ出してくれないのに、自分がどう壊れているのか伝えることはできない。

「僕はいつでも君のそばにいるよ、アレクサンドラ。信じてほしい。頼む」

サーシャはその言葉を信じなかった。秘密を打ち明けようとするたび、彼女は結婚した日にラファエルに自立しているとほめられたことを思い出した。けれど、本当は今にも崩れ落ちそうな岩山の上に一人で立っているみたいな気持ちだった。そこから落ちても、彼が受けとめてくれるとは思えなかった。

ラファエルがグラスの中身をふた口で飲みほした。「今夜出かける前に片づける仕事がある」

イベントに出席して有名スターや政治家、退屈な貴族たちと顔を合わせると思うと、サーシャはうんざりした。「私は昼寝をするわ」とはいえ、そんなことができるとはみじんも思わなかった。

初めてラファエルは妻にキスをせず、振り返りもせずに部屋をあとにした。

それから三週間、二人は何事もなく過ごしたが、関係はぎくしゃくしたままだった。原因はアレクサンドラにもあったが、ラファエルにもあった。妻に当然の質問をされたのに、彼は一つも答えなかった。

なぜ僕は金を必要とするのだろう？　金があればネズミのようにごみ箱の陰に隠れる必要はない。妻にふさわしい男だという証明にもなる。

ラファエルと養父を抑えつけていたハゲタカたちには似ている点がたくさんあった。連中に勝つためには、同じ手を使わなくてはならなかった。用心棒を雇い、賄賂を渡し、脅迫に手を染めた。ナイフで喉を切られたときは、そのナイフを奪って相手にやり返したこともあった。

相手が命を落としたのはラファエルが負わせた傷のせいであり、彼を治療した闇医師のせいでもあった。ラファエルにとっては正当防衛だったが、血で手を汚した事実は否定できなかった。

結局ハゲタカたちは、ラファエルを殺すことも服従させることもできなかった。それ以降は法に守られた世界にいられるようになったが、今度は法を守るライバルたちと争うこととなった。

人に語る際は中流階級から富裕層にのぼりつめたと言うようにしていた。誰にも、とりわけ妻には自分に後ろ暗い過去があると知られたくなかった。その話をするのはあまりに屈辱的だった。妻には成功した今の自分を見てもらいたかった。

心を守る堅固な壁を崩すよりは、妻とのすれ違いが増えているのを代理母のせいにするほうが都合がよかった。

少なくとも、ベッドをともにすることに関してはモリーに文句はなかった。アレクサンドラとは頻繁に、なにかに駆りたてられるように情熱的に体を重ねていたからだ。しかし、モリーが島の別荘に移ったら彼女のそばにいたい、とアレクサンドラは言っていた。妻を独占したいラファエルはそれが気に入らなかった。

ローマであるイベントへ出席する支度をしていたとき、アレクサンドラが携帯電話を見て顔をしかめた。

「どうした?」ラファエルはきいた。

「さあ。モリーからで、休暇の申請で問題があったみたい」そのときスタイリストたちがやってきて、ドレスやメイク道具をホテルのスイートルームの二つ目の寝室に運びこみはじめた。「明日、彼女に電話するわ。先に今夜のイベントを片づけましょう」

今夜の催しは重要だった。表向きは孤児たちへの寄付を集めるための美術品のオークションで、出席者はヨーロッパじゅうの大物たちだった。ラファエルとアレクサンドラは第一テーブルに席を与えられていた。つまり、彼は大物たちの仲間入りを果たしたのだった。

ジオ・カゼッラが同じテーブルにつけるかどうかはまだわからない。だがラファエルがその席にいられるのは、ジオとパートナー契約を結びかけているからに違いない。その噂《うわさ》は予想どおり、ラファエルが〈カゼッラ・コーポレーション〉を味方につけたという印象を与えていた。ジオとは来週、アテネで写真撮影のために会う予定になっている。

内心ため息をつき、ラファエルは自分が仕事でいらだっていたのを認めた。パートナー契約とそれがもたらす恩恵で頭はいっぱいだが、しばらくは今回の成功で満足すべきかもしれない。

彼は心の中で自嘲した。利益を求めるのをやめるだと? 僕はそういう人間ではない。しかし、結婚生活にはもっと注意を払う必要がある。

ラファエルは数時間スイートルームを離れた。打ち合わせをこなし、アレクサンドラへの仲直りのプレゼントを受け取り、タキシードに着替えて戻った。

ヌスタイリストからストラップレスのドレスの画像が送られていたので、プレゼントに選んだのは五連のダイヤモンドのネックレスだった。喉元を飾るラディアントカットのピンクダイヤモンドは、シルクのドレスのウォーターメロンピンク色に似合うはずだ。

アレクサンドラが寝室から現れたとき、ラファエルは日頃から華やかな装いの妻を見ていたとはいえ息をのんだ。彼女はピンクの長い手袋をはめ、髪をアップにし、唇をつややかなピンクにぬっていた。

対照的に青い瞳は、遠くで手招きしているけれど手の届かない湖のように揺らめいていた。

「きれいだよ。これ以上の装飾はよけいだが、今日は僕たちにとって大切な夜だから、記念になることをしたい」

アレクサンドラの目に影がよぎる。あれは疑い？失望か？

ラファエルはかっとなった。「気に入らないか？」

「私のコレクションが増えたわ。ありがとう」彼女が背を向け、ネックレスをつけてくれるよう促した。

〝私のコレクション〟という言葉に、ラファエルの胸は高鳴った。なぜか妻が昔、いざというときのために貸し金庫に宝石を預けてあるという話を思い出した。

ネックレスの留め具をとめ、ラファエルは妻のうなじにキスをした。

アレクサンドラが震えたのはうれしかったが、彼女はネックレスに触れ、束縛を感じているかのように喉を上下させた。

僕たちは大丈夫だよな？

だが、彼は質問を口にしなかった。答えを知りたくなかったからだ。

〝僕たちは互いに正直でいなければ〟

三年前、ラファエルはそう言った。その言葉は今日もやはり真実だった。

しかし、アレクサンドラが正直だとは思えなかった。二人ならこの状況を乗り越えられると心から信じていたのに。赤ん坊が生まれれば――。

赤ん坊のとても小さな肩に、そんな重荷を背負わせるのが正しいのか？

運転手がクラクションを鳴らし、車が待っていることを知らせた。

アレクサンドラが、パパラッチがよく写真におさめる表情を作った。だが、イベント会場での彼女はめずらしく無口だった。いつもなら自分から積極的に話しかけ、逸話やウイットあふれる軽口でテーブルの人を楽しませ、みなを虜《とりこ》にするのだが。

今夜のアレクサンドラは幽霊のようだった。ラファエルがダンスフロアで腕をまわしたときも、彼女は緊張で硬直し、顔は仮面をつけたみたいだった。

「具合でも悪いのかい？　やけにおとなしいが」

「モリーのことが頭から離れないの。妊娠十二週のエコー検査のあと、すぐに休暇を申請するべきだったのよ。もうすぐ十五週だわ。ジオが出張中だから休暇のことを言えないらしいけど、これからどんどんおなかは大きくなる。誰かが怪しむんじゃ——」

「一度くらい、モリー以外の話をしないか？」ラファエルはそっけなく言った。

アレクサンドラがショックを受けた顔になる。

「彼女は自分の役目がわかっている」彼は硬い声で続けた。「いつ休暇を取るか決めるのは彼女に任せよう」

「モリーはやさしいから——」

「ああ、わかっている。それなら、君が心配する必要はない。彼女がどうにかするだろう」

「あなたは本当にモリーが気にならないのね」妻の腕がラファエルから離れた。

「僕は彼女のことを、僕たちに関係があるぶんだけ気にかけている。君が彼女を気にしすぎているんだ。その理由がわからないんだよ」

アレクサンドラが唖然《あぜん》とし、頬を怒りで紅潮させた。ラファエルは、人々がダンスをやめたことに気づいた。騒ぎは起こしたくなかった。

心臓が大きく打つのを感じながら、彼は妻をダンスフロアから静かな部屋の隅に連れていった。

「どうしたんだ？」

彼女が口を開けて閉じた。力なく首を振り、夫を見つめる。「あなたは幸せなの、ラファエル？」

「もちろんだ。目標を達成できるんだから」彼は温かく迎えてくれた人々がいる部屋のほうにうなずいた。「ジオとの契約が成立すれば、僕の地位は安泰になる。後継者も誕生するし、君は継父から財産を取り返せる。僕たち二人にとってすばらしいことだ」

「でも、私たちはどうなるの？　赤ちゃんがいる生活は大変なのよ、ラファエル」

「僕たちならなんとかできる」ラファエルは追いつめられていた。周囲を見まわすと、人々はすでに彼らへの関心を失っていた。

「どうやって？　赤ちゃんのことじゃないわ。私たちの関係についてきいているの。ときどきこう思うのよ。もしあなたが私を愛してくれていたら、私はあなたを信じられるのにって」

「愛とは負の財産だ」だが力を持っている。誰かを愛するとは、その誰かにいいようにされることだ。「僕たちは利害関係が一致したパートナーだろう」

アレクサンドラが深い失望をこめてラファエルを見た。「そうね。あなたが言ったとおり、私は変わったわ。愛してしまったの――」

一瞬、彼はなにも聞こえなくなった。

「あなたを」

安堵《あんど》のあまり、ラファエルは笑った。「モリーをと言うのかと思ったよ」

「なんですって？」彼女がたじろいだ。「まさか、私はあなたに恋してるの。理由はわからないけど」怒った目には涙が輝いていた。「愛してるわ、ラファエル。でも、あなたは私を愛してないのよね？」

ラファエルはうまく息ができなかった。心の一部は今までにない喜びを味わっていたが、別の一部は強く警告を発していた。

アレクサンドラは本当のことを言っているのだろうか？　以前は彼女の言葉を疑わず、言われたことはなんでも信じていた。二人は愛のために結婚したわけではないが、信頼はしていた。

そうだっただろうか？　僕にはもっと知るべきことがたくさんあるのではないか？

「愛など僕たちの間に生まれないはずだ」危険な道から引き返させようと、彼は言った。

「あなたにはね」アレクサンドラが裏切られたという表情で見つめた。そしてラファエルが前言を撤回する前に自分たちのテーブルまで歩き、羽織り物とクラッチバッグを持つと、頭痛がするのでと言って、テーブルにいる人々におやすみの挨拶をした。

車内の沈黙はとてつもなく重々しかった。

ラファエルはなにもせずにいるべきだった。だが、アレクサンドラと話がしたくて運転手にイヤフォンをつけるように指示した。それに、ホテルのスイートルームに戻るまで待つべきだった。それから数カ月間、彼は何度も自分にそう言い聞かせることになった。

しかし、ラファエルはどれもしなかった。

「僕が驚いたのもわかるだろう」車が渋滞につかまると、彼は口を開いた。「結婚する前に君は」わざとそのことを思い出させた。「僕を愛することはないと言ったじゃないか。それは僕たちの結婚が互いの利益に基づいているからだろう？」

「それなら望みのものを手に入れても、私たちは結婚生活を続けるの？」

「本気じゃない最後通牒《つうちょう》を突きつけるな」ラファエルは告げた。

「私は本気よ。別れる準備はちゃんとしてある」

「離婚はしない」ラファエルは奥歯を噛《か》みしめた。

「赤ん坊が生まれるんだぞ」

「わかってるわ！」アレクサンドラが運転手の注意を引くほど大きな声をあげた。

妻を激昂《げっこう》させた自分を、ラファエルはのちに一生後悔するはめになった。注意がそれた運転手がとっさに交差点でブレーキを踏んだ。

運転手がそうしたために、信号を無視して加速しつづけていた車が、赤に変わろうとする信号の下で二人の車とぶつかった。

アレクサンドラの表情がまばゆい光の中で恐怖に染まったのがわかった。金属と金属がぶつかる音がして衝撃とともに車が回転し、ラファエルは彼女のほうに投げ出された。

8

ラファエルは、アレクサンドラの両親への憎しみを理解しはじめていた。義母の薄っぺらな人間性と夫を恐れて服従する姿はいつも哀れだと思っていた。ハンボルトは身勝手な暴君で、法的措置を盾にしない限り引きさがらないが、根は臆病者なので恐れてはいなかった。

彼らが意識不明の妻をニューヨークに移送しようとしていると耳にしたときは、卒倒しそうになった。

二人はニュースで事故を知り、いちばん早いローマ行きの飛行機に飛び乗ったのだろう。

「危険です」医師らしきイタリア語訛《なまり》の声が言った。「脳内に出血は認められませんが、脳震盪《のうしんとう》と診断して治療を行っていますので」

「なぜ目を覚まさないの？　アメリカならもっといい治療が受けられるわ」ウィニフレッド・ハンボルトが主張した。

国際的にも有名なローマの一流私立病院よりも？　ラファエルの運転手は救急救命士に身元を伝えられるほど意識がはっきりしていたので、三人は最高の治療が受けられた。運転手もここで処置を受け、幸いにも全快していた。

「予防措置として鎮静剤を投与しているからです」医師がなだめるような口調で言った。

「おまえたちのボスに手配しろと伝えろ」欲しいものを手に入れるためなら人を踏みにじってもなんとも思わないアンソン・ハンボルトが声を張りあげた。

「ドクター」ラファエルはできる限り強い口調で言った。その影響で全身がうずく。

白衣を着た男性が少しだけ開いていたドアから駆けこんできた。ウィニフレッドとハンボルトが廊下にいるのが見えた。

「妻を運び出すことを許すなら、あなたの命はないものと思ってほしい」先にハンボルトの命を奪うが。

折れた脚の骨をつなぐために昨夜受けた手術の麻酔がまだ残っていることを考えれば、笑止千万の脅しだった。ラファエルの目は片方しか見えず、一方の腕は二十針も縫っていたから、使えるのはもう片方のみだったが、彼は本気だった。

「落ち着いてください、シニョーレ」医師が言った。「奥さまの容態は安定していますし、生命兆候《バイタル》もしっかりしています。目を覚まし、状態が確認できるまで、どこにも行かせませんから」

窓に頭をぶつけたことと、シートベルトであざが残ったことを除けば、アレクサンドラに大きな怪我《けが》はなかった。ラファエルは鎮静剤の投与をやめてほしかった。そうすれば自分で妻の無事を確かめられる。彼女に会いたいという切迫感に比べれば、体の痛みなど大した問題ではなかった。

それからまた一日がたった。午前中、医師はラファエルにアレクサンドラへの薬の量を減らすが、意識が戻るのは午後になってからだろうと告げた。

彼は運ばれてきた半固形の食事をとったあと、激痛に耐えながらうとうとしていた。"目が覚めたわ！"というウィニフレッドの叫び声を聞くと、看護師が現れるまでナースコールのボタンを押しつづけた。「妻のところへ連れていってくれ」

看護師は大柄だったものの、ベッドから車椅子に移るときは痛みで気を失いそうになった。しかし、アレクサンドラに会いたいという思いはすべてにまさっていた。

妻の病室へ入ったとき、彼女の声が聞こえた。

「いいえ、彼らが誰なのかわかりません」

「僕のことは？」ラファエルは口を開いた。

ベッドから人々が離れ、青白く繊細な妻の顔が見えた。あざと傷だらけで、ひげも剃《そ》っていない夫の顔を見て、彼女が驚いて目を見開いた。

あれは恐怖だろうか？ ラファエルはアレクサンドラの手を取ろうと手を伸ばした。

「僕が何者かわかるか？」わからないわけがない。二人は世界に二枚とない希少なコインの裏表なのだ。

"別れる準備はちゃんとしてある"

いや、絶対にありえないし、離婚はしない。彼女は僕を愛している。そう言ったのだ。

だが、アレクサンドラは首を横に振った。

「僕は君の夫のラファエルだ」僕は薬のせいでなにかを見落としているのか？ 彼女が僕を忘れるわけがない。

アレクサンドラは無表情のまま彼を見つめている。

ショックで呆然《ぼうぜん》としていると、彼女の両親が家に帰ろうと娘を促しはじめた。

アレクサンドラがラファエルや両親、自身を忘れていてもいなくても関係なかった。もし両親と行かせたら、彼女は決して僕を許さないはずだ。僕も自分を許せない。「アレクサンドラは僕の妻だ。彼女は僕と一緒にアテネの家へ帰らなければならない」

私はなんてことをしたの？　数日後、退院してプライベートジェットに乗りこみながら、サーシャは思った。直前まで両親が一緒にアメリカに帰ろうと圧力をかけつづけたせいで、記憶喪失のふりをやめたくなかった。子供じみているのはわかっていた。倫理に反するし、夫には残酷な仕打ちだ。

けれど、サーシャはラファエルにも腹をたてていた。私が愛を告白したら、彼は笑った。あれは屈辱的だった。なぜあんな人を愛してしまったの？

いいえ、理由はどうでもいい。もうラファエルへの愛に縛られる気はない。記憶を失っているなら、あの告白もなかったことになる。私にとっては。

記憶や過去から解放されるのはとても自由な気持ちだった。パーティガールの仮面をかぶる必要もなく、思ったままを口にできた。母親が娘の割れた爪に気づいて手入れを勧めたときも、迷わずこう言った。〝つけ爪は好きじゃないの〞

サーシャが髪をハーフアップにすると、母親は不満をもらした。〝お世辞にもきれいとは言えないわ〞

〝でも快適だから〞サーシャはあっけらかんと言い返し、看護師に母親を追い出してもらった。

リビーを守るためという目的がなければ、ハンボルトにも立ち向かえた。

〝私たちと一緒に帰るのを拒否しているおまえは、お母さんを傷つけているぞ〞翌日、母親がコーヒーを買いに病室を出たとき、継父が言った。

〝私があなたたちを覚えていないとラファエルに病院から追い出されるから、一緒にいてほしいとウィニフレッドは言っていたわ。それって本当なの、アンソン？　あなたにはお金がないの？〃もちろん、継父にお金があるのはわかっていた。ファーストネームで呼ばれて、ハンボルトがたじろいだ。〃まさか。お母さんはおまえを大切に思っているから、面倒を見たがっているんだ〃

〃じゃあ、行くところはあるのね。だって、財産は全部私のものなんでしょう？〃

〃私に向かってなめた態度をとるんじゃない〃継父がベッドに近づいた。

サーシャがナースコールを手にすると、ハンボルトが唇を引き結んだ。彼はわかりやすい暴力をふるいはしないが、継娘を小ばかにするのが大好きだった。そして何百回となく彼女の心を傷つけたけれど、今はなにも感じなかった。

〃私は、おまえが公にしたくないことを知っている〃ハンボルトが警告した。〃おまえの夫が逃げ出し、おまえの人生をだいなしにすることを〃

〃それでも私には財産がある〃サーシャは首をかしげた。〃今までのことは忘れてしまったから、なにをされてもどうでもいいわ〃

ハンボルトは継娘を脅せずに不満そうだった。彼は自分の妻を責め、ウィニフレッドは得意の罪悪感を抱かせるという技をサーシャに対して使ったが、そのときも記憶喪失が役に立った。

〃言うことを聞かなくちゃいけないんでしょうけど、そんな気になれないの〃

ローマで両親に別れを告げたとき、サーシャはこれが二人と話す最後の機会だと信じていた。

再手術が必要だと言われたにもかかわらず、ラファエルはアテネに戻った。サーシャもまだ入院が必要だった。怪我はほとんどないが、頭痛が続いていたからだ。医師は数週間、場合によっては数カ月頭痛は続くが、時間はかかるものの安静にしていれば軽減すると言った。

ラファエルは松葉杖《づえ》をついて歩いていた。腕に負担がかかりすぎると縫った傷口が開いてしまうのに、彼は車椅子を使おうとはしなかった。

プライベートジェットに乗ったサーシャは、記憶喪失ではないと白状しようか迷った。だが、機内にはラファエルの秘書のティノと専属の看護師もいた。

窓の日よけは上がっていたので、サーシャはサングラスをかけたままだった。隣の席に座ったラファエルは息を切らしていた。

同情が痛いほどの切望とともに、サーシャの体を駆けめぐった。彼女は夫に触れてほしかった。私はもう少しで彼を失うところだった！

自分の命も危険だったことは気にならなかった。私になにがあっても赤ちゃんはモリーと一緒だから無事だ。あの子が事故にあわなくてよかった。

けれど、ラファエルを失いかけたことは恐ろしかった。どんなに腹をたてていても、彼をどれほど愛しているかあらためて確認した。

〝愛とは負の財産だ〝

たしかにそうだ。だから、私は彼を愛していないふりをした。

事故の夜、サーシャはラファエルにすべてを打ち明けるつもりだった。既婚男性との関係、リビーの存在、モリーとの本当のつながりについてを。

しかしラファエルに愛の告白を笑われたとき、夫への信頼となにもかも伝えたいという意思は打ち砕かれた。彼が差し出せるのは、せいぜい目標を達成する手助けをしてくれた妻への感謝程度なのだ。サーシャは自分が夫に愛を懇願したことに耐えられなかった。ラファエルの目に、あのときの私は情けなく映ったに違いない。

離陸するとき、サーシャは機内の後方に控えている看護師と秘書をちらりと見て、ラファエルの顔のあざに目をやった。そこにキスをしたい衝動に駆られたとき、彼が顔を向けて尋ねた。「君は本当になにも覚えていないのかい？」

夫の視線は鋭く、反射的に目を見開いたサーシャはサングラスをかけていてよかったと思った。「運転手は警察に、私たちが口論していたと言ったそうね」警官はサーシャの病室にもやってきて、事故について覚えていることはあるかときいたが、彼女はなにもないと答えた。「彼は私たちのせいで注意がそれたと言ったそうだけど、本当なの？」

「本当だ」ラファエルの口元が引きつった。彼が前を向き、ゆっくりとまばたきをして目を閉じた。

「運転手は驚いてブレーキを踏み、僕たちを振り返った。そのせいで信号を無視して突っこんでくる車に気づかなかったんだ」

「私たちはなんについて口論していたの？」

ラファエルが答えるために息を吸い、そして吐いた。「君は僕を愛していると言った。覚えていないだろうが」彼がふたたび顔を向け、レーザー光線のように強烈な視線をサーシャの顔にそそいだ。

ああ、神さま。

彼女は膝に置いた手と手を握り合わせた。「どうしてそれが口論になったの？」必死に考えながらきく。「私たちは結婚してるのに愛し合ってないの？」

記憶喪失をラファエルを責める道具として使うのは間違っていたけれど、サーシャはほかにどうすれば心を守れるのかわからなかった。

「そうだ」彼が重々しく認め、サーシャの全身に痛みが走った。「僕たちは結婚したとき、互いに正直でいようと約束した。その言葉は守りたい」

なんてこと。なにも変わっていない。命が危なかったのに、夫の私に対する気持ちは前と同じだった。彼女は飛行機の床が落ち、時速百万キロで地上に落下している気分だった。

でも、ラファエルに愛されていないのはずっとわかっていた。結婚する前からそのことはどうでもよかった。でも子供が欲しくてもなかなかできなかったとき、事情は変わった。自分の心を捧《ささ》げられない相手に、おなかの中の無垢《むく》な存在は託せない。

「あなたは私を愛していない。だから、私たちは喧嘩《けんか》をしていたの？」つらかったけれど、サーシャははっきりさせると決意していた。「それならなぜ今も結婚しているの？」

「君のことはとても好きだから――」

「好き」彼女は声をつまらせた。「好きなんて、ペパーミントキャンディをくれる大叔母に抱く気持ちと同じだわ。それならどうして私を連れて帰るの？　私のことなんてどうでもいいなら、なぜ両親のもとへ帰さなかったの？」

「どうでもいいとは思っていない。あの両親に任せたら、君は絶対に僕を許さなかったはずだ。君は僕の妻なんだ、アレクサンドラ。たとえ君が覚えていなくても。君は僕のものだから守る」

サーシャは、自分がずっと夫が手に入れた財産の一部だったことに気づいた。泣きたくなったけれど、目を閉じて短く言った。「疲れたわ」

その言葉は本当だったに違いない。というのも彼女はいつの間にか眠りに落ちていて、目が覚めたときにはアテネに到着していたからだ。アテネ郊外の見知らぬ邸宅に車で向かう間、ラファエルも疲労困憊《こんぱい》のようすで不機嫌そうだった。そこは彼らの家よりも質素だったが、プールと離れがあり、看護師はそこで寝起きをすることになった。

「アッティカの家は階段が多すぎる」ラファエルが足を引きずり、サーシャのあとから居間へ入りながら説明した。「それに、パパラッチが張りこんでいると秘書から報告があった。ここは母のために買った家で、休暇に来る観光客に貸し出していたんだが、たまたま空いていたんだ。記憶を失う前に、君がここに来たことは一度もない」

サーシャは趣味のいい家具が置かれた開放的な居間を眺めた。L字型のカウンターがキッチンとダイニングルームを分け、スライドドアを開けると中庭《パティオ》へ出られるようだ。

「お母さまはいつ亡くなったの？」答えは知っていたけれど、この状況では当然の質問をした。

「君と出会う数カ月前だ」

ラファエルがそう教えてくれたのは結婚して間もないころで、そのあと両親については一度も口にしなかった。サーシャも過去を詮索されたくなかったので、あまりきかなかった。しかし、もうリスクはない。「仲はよかった？」

逡巡《しゅんじゅん》してから、ラファエルが答えた。「僕は養子なんだ。ネットで調べなかったのか？」

「ええ」彼女はモリーに連絡を取りたかった。でも……。「携帯が壊れていたの。お医者さまには頭痛が悪化する可能性が高いから、あまり使わないほうがいいと言われたし。あなたは養子だから、お母さまとは親しくなかったの？」

ラファエルが食器棚の下の扉を開け、未開封のスコッチのボトルを持ってきて重いため息をついた。

「君たち親子に比べれば親しかった」グラスにたっぷりと酒を注《つ》ぐ。「引き取られたのは八歳か九歳だったが、当時の僕は野良猫同然だった」

サーシャは、夫が自分をそんなふうに表現するのを聞いた覚えがなかった。「どういう意味？」

「警戒心が強く、スキンシップが嫌いだったという意味だ。生みの母は四歳の僕をルーマニアからギリシアへ連れてきた。ギリシア人の父をさがすためだったんだが、僕は父が母に嘘《うそ》をついたと思っている」

「ギリシア人じゃなかったってこと？」

「父は金持ちではなかったと思っているんだ」

ラファエルが二本の松葉杖をいいほうの腕でかかえ、食器棚にもたれると、怪我をしたほうの手でグラスを口に運んだ。そしてスコッチを大きくあおり、安堵《あんど》の熱い息を吐いた。

「実の母は金が欲しかったわけじゃない」彼が続けた。「自分の子供を養わせたかっただけだ。母はよく言っていた。〝お父さんならあなたに私よりもいい人生を与えられる〟と。ギリシアに来たとき、僕たちは一文無しだった。母がどんな仕事をしていたかは知らない。だが母は僕をよく知らない女と、僕からなんでも取りあげる鼻水を垂らした子供たちのもとに置き去りにした」

サーシャはうめき声を抑えられなかった。

「そこで僕は人を拒絶することを学んだ」ラファエルが肩をすくめ、グラスをまわしてもうひと口スコッチを飲んだ。「ある朝、女が目を覚まさなかった。僕はどうしたらいいのかわからず、近所の人に言いに行ったんだ。彼女は僕を追い返した。今にして思えば、彼女は不法移民を助けて問題になるのを恐れていたんだろう。しかし電話はかけたようで、戻ると警察が来ていた。僕はある家に連れていかれたが、母をさがそうとそこを逃げ出した」

サーシャは少年時代のラファエルを思って張り裂けそうな胸に手を置いた。

「三、四週間は路上にいたと思う。年上の女の子が万引きの仕方や寝る場所のさがし方を教えてくれたよ。だが盗みがばれて、窓に鉄格子のある施設にやられた。そこから逃げ出して、彼女になにがあったか伝えることはできなかった。さよならを言えなかったことが今でも心残りなんだ」ラファエルが当時の記憶を振り払うようにまたスコッチを飲んだ。

「あなたはいくつだったの?」

「そのころか? 六歳だった。施設の人々は僕をルーマニアへ送り返す話をしていた。僕は父親はギリシア人だと、父親を見つけなければならないと言いつづけたが、彼らはなにもしてくれなかったよ。いや、問題をかかえる少年たちが通う学校には入れたな。厳格な教師や同級生たち、施設の乱暴者たちからは痛みを感じずにいる方法を山ほど教わった」

私は夫について知らなくてよかったのかもしれない、とサーシャは思った。あまりにつらい話だったけれど、黙って聞きつづけた。

「養子になったころの僕は粗暴だったが、乾いたベッドと規則正しい食事のありがたみはわかった。その二つを手に入れるための礼儀も心得ていた。負けず嫌いなうえ、相手を負かす方法をいろいろ知っていたおかげで、成績はクラスでトップだった。養父母も僕が会社を引き継げる知性と、鮫《さめ》のような連中に負けない強さを持つことを見抜いていたと思う」

「幼い子に求めすぎだわ」それに、なぜラファエルはこのことを私に言わなかったの？　けれど、サーシャは必死に質問したいのをこらえた。「養父母は息子を水難事故で亡くしている。だから息子に求めるものを僕に求めたんだろう」彼が肩をすくめた。

「二人は息子の代わりではないと言っていたが、僕を養子にしたとき、彼らは五十歳近かった。養母は自分たちの老後の面倒を見てくれる人が欲しかったんだ。養父とはうまが合ったが、僕たちはまるで違う人間だった。野心的で意欲的だった僕に比べて父は……疲れきっていたよ。悲しみに打ちひしがれ、人生にうんざりしていて、仕事の話以外はあまりしなかった。高血圧だったから、心臓発作を起こしても驚かなかったよ」

「お気の毒に」彼女はつぶやいた。

「養父が亡くなったあと、養母はライバルたちに会社を奪われるだろうと思っていた。だが、彼女は僕が本物のろくでなしだったことに気づいていなかったんだ。それを隠していたのが僕の最大の詐欺だった」ラファエルがすました笑みを浮かべた。「僕は君のこともだましていた」

「えっ?」サーシャは夫の話に唖然《あぜん》とし、倒れないように壁に手をついた。

「これをテーブルに置いてくれるかい?」彼が二杯目のスコッチを注いだグラスを差し出した。

「ええ」彼女は反射的に受け取ろうとしたけれど、ラファエルは手を離さなかった。

「君はいろいろなことで僕に腹をたてていた」魂まで見透かすような視線をサングラスをしたサーシャに向ける。「この三年間、僕がなにも話さないと君は言ったが、それは間違いじゃない。僕は子供時代のことを話すのが嫌いなんだ。君には昔ではなく今の僕を見てほしいし、結婚も続けてほしい。それなら、君は信用できるくらい僕を知る必要がある」

「なぜ私との結婚がそんなに重要なの?」もし夫が私を愛していないなら、私が好きなだけなら、私が彼をどう思っていようと、家やベッドを共有していればどうでもいいのでは?

待って、それがラファエルの望みなの? ベッドをともにするのが? サーシャも望んではいたけれど、愛してくれない夫に心を捧げながら体を重ねつづけるのはとてもつらかった。

でももし悲惨な形で実母を失ったラファエルが、自分を養父母の子供の身代わりとみなしているのだとしたら、人を愛する方法を知っているのかどうか疑わしい。私もモリーやパトリシアから与えられるまでは愛を知らなかった。

「座ろう」ラファエルがソファに目をやった。「知っておいてほしいことがあるんだ。君がどう反応するかわからないが」

サーシャは緊張しながら夫のグラスをコーヒーテーブルへ運び、ソファの反対側の端に腰を下ろした。

ラファエルが座った拍子に顔をしかめた。ギプスをした脚はテーブルの脚を避けて突き出されていた。

「僕たちには赤ん坊が生まれる」

サーシャは必死に驚いた顔を作り、口を開けた。まったく、なぜこんなばかみたいなまねを続けているの？ でも理由はわかっている。

ローマでの二人の関係には戻りたくなかった。夫がつらくても話をしてくれたことはうれしい。私が全部覚えていると知ったら、彼はどうする？ きっと私に前と同じことを期待し、自分はふたたび心を閉ざすはずだ。

「どうやって？ お医者さまからはなにも――」

「代理母を依頼した。モリーという女性に」

彼女は息を吐くと両手で顔をおおい、サングラスをはずしつつ肘を膝についた。しかし、モリーの健康状態を尋ねたい衝動は抑えつけた。

「僕たちは子供を授かりにくかったんだ」

いいえ、問題があるのは夫じゃない。私なのだ。

「モリーはだいたい妊娠十六週かな。ニュースで事故を知り、連絡をくれている。それに……ボスと婚約した」

「なんですって？」驚いてサーシャは顔を上げた。

そうしたのは大きな間違いだった。プールの水面に反射した太陽の光が目に飛びこんできた。目をきつく閉じても手遅れだった。まぶたの裏では星が爆発しているようだった。

「気持ちはわかるよ」ラファエルは不満そうだった。

「どうかしている。彼女は代理出産を口外しないという秘密保持契約書にサインしているから、僕たちの子を身ごもっていることをジオに話すとは思えない。僕がジオとパートナー契約を結ぼうとしていることが、さらに事態を悪化させている。僕たちは数日前に契約を成立させる予定だったんだが、彼は僕たちの事故を理由にそれを保留にした。だから彼女と話すのが怖いんだ。万が一、彼女がジオに――」

「ラファエル」サーシャは手で閉じた目をおおった。痛みが頭の内側から押しよせ、そこに恐怖と吐き気が重なっていた。

彼が妻の手をつかんだ。「偏頭痛かい？」

「ええ。横になりたいわ」

松葉杖が床に転がる音に、彼女は縮みあがった。クッションがあてがわれ、サングラスが手に押しつけられる。「看護師を呼んで寝室に連れていってもらおう。僕が自分で連れていけたらいいんだが」松葉杖に悪態をつく。「痛みどめと氷を持ってくる」

彼がしばらくして言った。

「ありがとう」サーシャは弱々しい声で言った。まだまだ話すことはたくさんあったけれど、今は暗い部屋と静けさが必要だった。

9

ラファエルは骨をつなぐ手術をもう一度受けて、さらに数日を無駄にした。ベッドから出られない間、機嫌はよくなかった。

アレクサンドラは頬にも唇にも色がなかった。あまり食べず動かず、一、二分しかテレビや携帯電話を見られなかった。大きな音や明るい光に接するとすぐにベッドに戻り、アイマスクをした。

二人が寝室を分けたことを、彼はなによりも気にしていた。アレクサンドラが逃げ出すとは思っていなかったが、確信はなかった。

〝別れる準備はちゃんとしてある〟という妻の言葉が忘れられなかった。

「まだ起きているのかい?」仕事の遅れを取り戻そうと長い一日を終えたあと、ラファエルは小声で尋ねた。アレクサンドラはパジャマ姿で暗い部屋のソファに横になっていた。テレビからは時代遅れのロマンティック・コメディ映画が小さな音量で流れていた。妻はアイマスクをしたまま、音だけを聞いているらしい。

「ええ」彼女が膝を曲げ、ソファに座るよう夫を誘った。「誰にどなってたの?」

「どなってはいないよ」誰と話していたのか思い出そうとしつつ、ソファの端に腰を下ろすと、疲労と苦痛のにじむ声がもれた。もし今の大混乱を解決しなければ、僕の人生はだいなしになる。ジオのほうは契約しなくても破滅することはないが。

アレクサンドラは自身で不動産などの比較的安定した投資先に資産を預けている。僕がすべてを失っても、彼女の財産はほとんど減らない。その点は心強いが、プライドは傷つく。結婚生活がうまくいっていれば気にならなかっただろうが、今はなにもかもが不安定だ。

ラファエルはライムグリーンのパジャマのパンツの裾からのぞく妻の足に目をやった。素足の爪先はまるまっている。あれは警戒? それとも性的緊張の表れか?「僕の声で頭が痛くなったのかい?」

「いいえ。なにを言っているのかは聞き取れなかったけど、悪態をついているのはわかったわ」

最近の彼は悪態をつくことが多かった。「今日、君は悪態をついたかい?」

「いいえ。でもお行儀が悪いから、あなたに自慢するのはやめておくわね」

ラファエルはかすかにほほえんだ。アレクサンドラは以前からよく知っている女性に思えるときもあれば、見知らぬ女性に思えるときもあった。とても傷つきやすく、細心の注意を払って扱わなければならなかった。

ラファエルは妻の両足を膝の上に引きよせた。

彼女が抵抗した。「なにをするの？」

「マッサージしようと思ってね」

「必要ないわ」

「僕がそうしたいんだ」

「どうして？」

彼女に触れなくなってかなりたつから。「君にリラックスしてほしくて」両足をそっとつかんでから、まずは左足から始めた。「足のつぼを使ったセラピーはないのかな？　君の頭痛も治るかもしれない」

「あるなら試してみたいわ」アレクサンドラがため息をつき、足の力を抜いた。「脚の具合はどう？」

「いいよ」

「私たちはお互いに嘘《うそ》をつかないんじゃなかったの？」

「まだ痛みはある。疲れているし、そんな自分に腹がたつよ。ジオがわざと契約書へのサインを先延ばしにしているのにも。そのせいで僕は窮地に立たされている」

「彼女に電話しようかと考えているの」足に力がこもった。「代理母に。モリーだったかしら？」

「電話して、彼女が僕たちの子を身ごもっているのを忘れてしまったと伝えるのか？」ラファエルは慎重に親指で妻の土踏まずを押した。「彼女とジオの距離が近すぎるのが心配なんだ」最後に確認したとき、彼らはロンドンにいた。そして、ジオは週末にアテネへ来る予定になっていた。ラファエルは事故を些細《ささい》なことに見せたくて、ジオになにも言っていなかった。「彼女になんと言うんだ？　母親になることを、君はどう思っている？」

アレクサンドラは答えなかった。彼は妻の足が手の中で冷たくなったような感覚にとらわれた。

「父親になることを、あなたはどう思ってる？」

「僕たちは二人ともこの子を心から望んでいる。君は答えをはぐらかすのがうまいね」ラファエルはため息をついた。「僕は望みを明かすのが好きじゃない。他人に利用されるからだ。おもちゃを奪われたり、会社を人質に取られたり、養父母を脅されたりしてしまう」

「そういうことをされた過去があるのね？」

「ああ」

「だからあなたはそんなふうに――」

「そんなふうとは？」彼は問いただした。

「感情に振りまわされないのね」

「君が気づいているとは思わなかったよ」

アレクサンドラが夫の手から自由にした足で彼の腿を撫《な》でた。彼はにやりとし、右足をつかんだ。

「でもそうでしょう？　なぜ心を閉ざすの？」

「人生はポーカーと同じだ。リスクを背負い、はったりをかまして賭け、勝ちを争う。持っているカードは誰にも知られてはいけないんだ」

「赤ちゃんはポーカーのチップなの？」妻の不安そうな声に、ラファエルは胸が苦しくなった。

「違う」彼はきっぱりと否定した。「子供については養父母と考え方は同じだ。僕には後継者が必要な会社がある。僕の死後に失われるなら、会社を大きくする意味がない。だから、君に子供が欲しいと言ったんだ」

「そうなの？」

ぴくりと動いたアレクサンドラの足を、彼は握りしめた。「そうだ」赤ん坊の話を持ち出したとき、軽く考えていた自分を後悔していた。簡単だと思っていたのだ。「僕は賛成してもらえると思っていたが、君の中には迷いがあったんだな。なのに自分の意思を抑えつけて、僕の願いをかなえようとした」

僕は変わったんだ。君に恋をしたから。

頭に浮かんだその言葉に、ラファエルは打ちのめされた。僕は恋をした女性を失った。彼女に愛の告白をされたとき、違う反応をすればよかったのだ。

「だがすぐには妊娠できなくて、君は落ちこんだ。二人とも予想外の展開だった。そして、僕たちの関係はどんどんおかしくなっていった」

「どんなふうに？」アレクサンドラがかすれた声で尋ねた。

「君は自分に腹をたて、僕は君の望むものを与えられない自分にいらだった。僕は君が求めるものを与えるのが好きなんだ。甘やかすのが」

ラファエルは手を動かすのをやめた。

「君は何度も僕を責めた。覚えているかい？」

「えっ？　いいえ」

「そうか」彼は足のマッサージを再開した。

「きいてもいい？」妻の声はおびえていて、ラファエルはまた手をとめた。「あなたは養子になったことを本当はどう思ってるの？」

「養子になったおかげで僕は救われたし、刑務所に入らずにすんだ。僕は子供を本心から望んでいたわけじゃない。今になってどれだけ自分勝手だったかわかったよ。だが……」深呼吸をして続ける。「赤ん坊が僕と君の組み合わせだと思うとうれしくなるんだ。僕にはほかに誰もいないから、アレクサンドラ。君しか」

彼女が大きく息を吸った。

「君には両親がいるが、いい関係とは言えない。出会った夜から、君は僕しかいないかのようだった。僕が君を必要としているのと同じくらい、君も僕を必要としているみたいだった」

「あなたが私を必要としている？」声は疑わしげだ。

「ああ。結婚生活がうまくいっているときの僕たちはいいチームだった。赤ん坊が受け継ぐのは僕たちのいいところ？　それとも悪いところかな？」ラファエルは笑いをこらえて言った。「どちらでも僕はかまわない。僕たちの子供が欲しいから」

アレクサンドラは無言で唇を噛《か》んでいた。

「君は？　母親になることをどう思っている？」

彼女が足を引っこめ、膝をかかえた。自分を守るように腕組みをする。「正直、わからないの」表情は落ち着いている一方で苦しそうだった。「幸せな気持ちになるべきなのはわかってる。赤ちゃんを愛するべきなのも。でも生まれてきた子を抱くことは想像できるのに、母親になることは想像できなくて」唇は震え、今にも泣き出しそうだ。

「アレクサンドラ」ラファエルは彼女に腕をまわし、膝に口づけした。「時がたてば母親になれるよ。今はおかしな状況だから混乱するのは当然だ。クリスマスの出産予定日まで考える時間はある」

「あなたは本当に私たちがいい親になれると信じているの？　以前はどうだったにしても、私たちが二十年も一緒にいられると本当に信じている？　あらゆる形で子供を支えられると？　その間、私たちになにがあるかわからないのよ」

「僕たちらしくいる方法を学び直そう。僕はこの先も君とずっと一緒にいられると信じている」

「どうしてそう言いきれるの？」

「僕は大切なものを手放さないから」

「私に価値なんてないわ、ラファエル。あなたがそれを理解しない限り、私たちにチャンスがあるとは思えない」アレクサンドラがアイマスクをつけて横になった。そしてリチャード・ギアが非常階段をのぼり、ジュリア・ロバーツを迎えに行くシーンの音声に耳を傾けた。


注意深く生活したおかげで、サーシャは三日間、動けなくなるほどの頭痛には悩まされずにすんだ。

「すばらしい」鎧戸《よろいど》を下ろした薄暗いダイニングルームで昼食をとっていたとき、ラファエルが言った。「今夜のパーティにも一緒に行けるんじゃないか?」

「なぜ? 知っている人が一人もいないのに」

もちろんそれは嘘だけれど、記憶喪失を続けすぎてもはや真実を告白できなかった。後悔もできなかった。夫はつらい一方で興味深い過去を打ち明けてくれ、彼女もこれまで以上に自分に正直になれていた。先日は母性に対して相反する感情を抱いていることを口にできた。

「人々に僕たちが大丈夫なところを見せたいんだ」

「大丈夫なんかじゃないでしょう」

彼の視線がそそがれた。「完璧にうまくやっているじゃないか」

完璧は言いすぎだけれど……。「タキシードの下にそのジム用のパンツをはくつもりなの?」

「ズボンはドレスと一緒に今日じゅうに届く」サーシャが鼻にしわを寄せると、ラファエルが言った。

「一時間以上滞在する必要はない。なにも変わらないことを人々に納得させられればいいんだ」

「わかったわ」サーシャはつぶやいた。家に閉じこもりすぎてどうかなりそうだったから、外出するのはいいことかもしれない。

昼寝をしてスタイリストと話し合ったあと、彼女はブロンズ色のドレスを着て居間へ行った。光沢のあるシルクのドレスは左脚がかなり上まで露出するデザインで、化粧でこけた頬と顔色の悪さを隠してあった。根元はキャラメル色で毛先にいくにつれて金色になっている髪は下ろし、まっすぐになるようブローしてあった。首には重厚感のあるゴールドのネックレスを、二の腕には幅の広いバングルをつけていた。

「きれいだ」現れた妻を見て、ラファエルが言った。

居間にはランプが一つだけ灯《とも》されていた。バングルの端を指先でなぞられて、サーシャの肘から肩に鳥肌が立つ。胸の先も硬くなった。

ラファエルがその変化に気づいた。

彼女は蝶《ちょう》ネクタイに視線を落として頬を熱くした。

「恥ずかしがらないでいい。僕たちはいつもこうだった。うれしいよ」彼がネックレスに触れ、サーシャの鎖骨をくすぐった。「君は覚えていないだろうが、僕たちの相性は最高だったんだ」

彼女は覚えていた。そのとおりだ。

「もしよかったら、パーティのあとで僕の寝室に来てくれ」彼がサーシャの耳の下をなぞるのをやめ、松葉杖《づえ》を手にした。

指示をするのはいつも夫で、私は従ってばかりだった。押しに弱い妻を彼は心配していた。

そう気づくと動揺し、サーシャはベルベットのような夕空にもいらだった。会場である美術館に向かう間に外がどんどん暗くなったので、サングラスを車に置いて出たけれど、中に入って後悔した。シャンデリアが照らす部屋は薄暗かったが、壁一面には滝の映像が流れていて、彼女は視線をそらした。

会場は騒々しく、きらびやかな人々でいっぱいだった。サングラスを誰かに取ってきてもらう余裕はなかった。近づいてくる人々は自分たちの仕事で忙しそうで、サーシャはほほえむしかなかった。

ラファエルが知り合いのカップルにサーシャを紹介した。「アレクサンドラは記憶に問題がありますが、それ以外は順調に回復しています」

「まあ！」カップルの女性が驚いて甲高い声をあげた。「シンガポールで買い物したことも覚えてないの？　男性陣が会議をしている間に」

「ええ」実のところ、この女性のことは忘れてしまいたいと思っていた。女性は別のカップルがやってくると、自らサーシャの状況を伝えた。

「信じられる？　彼女ったら、私たちを全然覚えてないのよ」

ラファエルが硬直した。「本当に残念です。こうなる前の彼女はあなたたちが大好きだったのに」

夫の擁護はありがたかった。けれど私の状態を彼らが知ったら、どうなると思っていたの？

彼がサーシャの肘をつかんだ。「ほかの人にも挨拶してきます。失礼します」

ゴシップ好きな女性の夫がきいた。「ああ、カゼッラにかい？　交渉は続いているんだね？」

「はい」ラファエルの視線がサーシャに向いた。彼女は耳鳴りを無視して落ち着きを取り戻し、ジオがいると思われるほうを向いた。その隣には――。

光の女神のようなモリーがいた。

　これはなに？　なぜラファエルは彼女もいると教えてくれなかったの？　二人を見ても夫に驚いたようすはない。「誰のこと？　ええと……あなたが前に言った男性だったかしら？」サーシャは顔をしかめ、夫の横を歩きながら名前を思い出すふりをした。「代理母のことを話してくれたときに。あなたの取り引き相手で、代理母の彼女と婚約した人よね？」

「そうだ、モリーと」ラファエルが答えた。

「なぜ彼らもいると私に言わなかったの？　婚約者の彼はモリーが――」

「代理母をしているとは知らない」

「それならどうして――」二人はジオとモリーに近づいていた。全身を怒りの炎に包まれながらも、サーシャは無表情のまま逃げ道をさがした。

　モリーに記憶喪失ではないと悟られるわけにはいかない。そうなったら全部がめちゃくちゃになる。サーシャは無関心を装おうとしたものの、友人とそのおなかを観察せずにいられなかった。

　モリーのドレスはウエスト位置が高いので、おなかのふくらみはうまく隠されていた。豊かな胸にはきらびやかなイエローサファイアのネックレスが輝いていたため、人々はそちらに目を引かれていた。

ジオが手を差し出した。タキシードに身を包んだ彼は実にさっそうとしていた。ずっと恋いこがれてきた、こんなにすてきな相手から婚約を申しこまれて、モリーが断れるはずがない。

ラファエルが松葉杖を脇に挟み、ジオと握手をした。「ジオ、また会えてうれしいよ。こちらが君の婚約者だね？」

「私もあのクルーザーにいたんです」モリーがサーシャを見ながらラファエルに手を差し出した。「あなたとも少しだけ会いました。覚えていないでしょうが」モリーがラファエルとサーシャに問いかけるような視線を送った。事故以来、二人から連絡がなくて困惑しているのだろう。

「覚えていないわ」サーシャは嘘をついた。「私、事故で脳震盪《のうしんとう》を起こしてなにも思い出せないの」

モリーは息をのんだが、よけいなことはなにも言わなかった。ラファエルもモリーとは一度会っただけという態度を続け、彼女が自分たちの子を身ごもっているとは口にしなかった。

「ここの明かりは好きじゃないの。頭が痛くなるのよ」サーシャは夫に言った。「サーカスの出し物みたいに私を連れ歩き、頭に負った障害を説明しているあなたを見て、みんなはどう思うかしら？」

そしてパーティ会場から立ち去った。

ラファエルは邸宅に帰ってから口を開いた。「あれは失礼だったぞ」

アレクサンドラは車の中で鎮痛剤をのみ、サングラスをかけていた。偏頭痛は起こっていないようだ。

「失礼？　あなたは私をだましたのよ！」彼女がハイヒールを蹴って脱ぎ、自分の部屋へ歩き出した。

たしかに。「モリーに会えば、なにかが変わると思ったんだ」

「私が喜ぶと思った？」妻が髪を前へやり、背中を指さした。「彼女が代理母だということは秘密だと思ってたわ。秘密保持契約書にサインしたんでしょう？　あそこでなにを言えばよかったの？　〝こんばんは、赤ちゃんは元気かしら〟とか？」

「秘密にしているのは君の両親に知られないためだ。もし今夜、情報がもれたとしても、二人には伝わらないと思う」ラファエルはドレスのファスナーを下ろした。

アレクサンドラがドレスの前を押さえて向き直った。「あなたがまったく信用できないわ」

「アレクサンドラ、君は命を任せられるほど僕を信用していた。ずっとそうだったんだ」

しかし彼女は信じられないというようにうめき、ドレスを床に脱ぎ捨てて浴室に閉じこもった。

彼は眉間をつまんだ。妻に黙っていたのはまずかった。だが、記憶が戻るのではと期待していたのだ。

十五分後に出てきたアレクサンドラは化粧を落とし、白いバスローブを着ていた。

「君に言っておくべきだったよ」ラファエルは認めた。「だが、欲しいものがあるときはそうしたほうがいいと学んだんだ」

「汚い手でも使ったほうがいいと？」

「ああ」彼は謝りもせずに言った。「僕は君が欲しいんだ、アレクサンドラ。妻を取り戻したい」

長い間ラファエルを悲しそうに見つめたあと、彼女がため息をついた。「私はあなたが結婚した女には戻れない。それを受け入れてほしいの、ラファエル。できないなら、今すぐ別れたほうがいいわ」

妻の口調は沈痛で、彼は背筋が凍った。

「わかった。僕が試していたのは君の記憶だけじゃない。モリーを見た君の反応が知りたかった」ラファエルは歩こうとしたが、ギプスをした脚では無理だった。そこでベッドの端に座り、激昂《げっこう》を抑えるためにジャケットを脱いだ。「君が彼女と前みたいにすぐに打ち解けるか見てみたかったんだ」

「どういうこと？」部屋にはランプが一つしか灯っていなかったが、アレクサンドラがサングラスをかけた。

「君がモリーに対するような反応をするのを、ほかの人が相手のときに見たことはなかった。今夜の君の態度はモリーと初めて会ったときと同じだったよ」ラファエルは蝶ネクタイをほどいた。「だが、前の君はモリーを代理母にすべきだと言い出した。僕にはわけがわからなかったが、君がずいぶん興奮していたから従った。そして日がたつにつれ、君たちはとても親しくなっていった。恥ずかしながら、彼女とメールをしている君は不倫でもしているようだったよ。彼女は君をサーシャと呼んでいたし」

「それがどうしたの？」アレクサンドラはバスローブのポケットに手を入れ、肩をこわばらせていた。

「君は僕に、アレクサンドラ以外の呼び方をしてほしいと言ったことはなかった」なんて幼稚な。

「私をサーシャと呼びたければそう呼んで」彼女が顔をしかめた。「アレクサンドラと呼ばれると、期待を背負わされた別人になった気分になるの。ウィニフレッドもそう呼ぶから、私は嫌い」

〝私はあなたが結婚した女には戻れない〟

ラファエルはその言葉を受け入れなければならなかった。妻の記憶喪失と生まれてくる赤ん坊によって、二人の結婚生活は変わってしまった。「明日、モリーに会ってくる」できればジオのいないところがいい。今夜はもっとモリーと話し、ジオとの関係を確かめるべきだった。だが彼はまだ成立していない契約よりも、妻の反応のほうを気にしていた。

「彼女となにを話すの？」妻が疑わしげにきいた。

「状況を確認する。取り決めでは彼女は今ごろ仕事を辞め、残りの妊娠期間中、島の別荘に滞在する予定だった。彼女は君も一緒なのかときいていたな。どうする？」答えを予想して無意識に身構えた。

アレクサンドラがこくりとうなずいた。「ええ、私も彼女と一緒にいたいわ」

ちくしょう、最悪の気分だ。

結婚後にサーシャが信託財産の一部を手にしたとき、ラファエルはこの島の別荘を投資先として紹介した。その信託財産とは複数の不動産だったが、いくつかは母親に使わせないためか、勧められた別荘を買うために売っていた。

別荘は広大な農地の中にあって自給自足ができるだけでなく、オレンジやオリーブ、子羊肉、ワインの販売で利益を上げられた。彼女はそこに惚《ほ》れこんでいて、もっと過ごしたいと願っていた。

ラファエルが妻とモリーを案内しているとき、サーシャは内心、その願いがかなったと思っていた。

丘の上にあり、海を見渡せる別荘は人里離れているが、モリーに治療が必要な場合はヘリコプターを使えばアテネまで比較的短時間で行ける。近くの村には小さな診療所もあった。明日そこから看護師がやってきて、サーシャとモリーのようすを確認してくれる。食料品や必要なものは家政婦が週に三回、持ってきてくれることになっていた。

事故前に自ら手配したので全部知っていたものの、サーシャは初めて聞いたようにふるまった。必死に記憶喪失の演技を続けて三週間近くたっていた。

モリーがラファエルに礼を言って化粧室へ向かった。彼女のおなかははっきりとめだっていた。サーシャはモリーにいろいろ質問したかったけれど、まずはラファエルをヘリポートへ送っていった。

「外に出るときは帽子をかぶるんだぞ」彼がサーシャのサングラスをのぞきこんで言った。「本当に家政婦に常駐してもらわなくていいのか？」

「ええ、二人でなんとかするわ」サーシャは自分の心がどれだけ限界に達しているか夫に悟られたくなくて無表情を貫いた。

「わかった。僕は……」ラファエルが不満そうなため息をついた。「来週戻ってくる。だがジオが契約をせかすせいで、することがたくさんあってね」

サーシャはパートナー契約の行方についても知りたかった。

驚いたことに、ラファエルが頭を下げて短く激しいキスをし、彼女の中の欲望をかきたてた。

松葉杖をついて彼がヘリコプターへと去っていくまで、息をつめて反応するのは我慢した。

後ずさりして屋内には入ったけれど、回転翼がまわりはじめてもその場を動かなかった。そしてヘリコプターが離陸し、夫をアテネに連れ去るのを窓から見送った。機体が空に点となって消えていくと、寂しさを感じた。

窓から目をそらしたとき、モリーが居間とキッチンの間をうろうろしているのに気づいた。

「ああ、そんなに心配しないで。私、本当は記憶喪失なんかじゃないの、モリー。私が失った記憶は事故の瞬間だけ」

「なんですって？　どうして記憶喪失のふりなんかしたの？」モリーが声をあげた。

サーシャは片目をつぶってうずくまり、手を振った。「でも脳震盪と頭痛は本当なの。声は抑えて」

「ごめんなさい」モリーが小声になり、爪先立ちで近づいてきた。「いったいなにがあったの？」

「とっさにそう言っちゃったのよ！　病室から両親を追い出したくて。私の人生からも。同じ方法でラファエルとの問題も避けようとしたら、こんなことになっちゃったの」

幸いにも、モリーはサーシャを批判しなかった。ただ顔をゆがめただけだった。「私もジオを愛していて、昨日の夜、彼にそう言ったの。でも今朝、口論になって。ラファエルと一緒にいるところを見られて、彼と浮気していると思われたのよ。ラファエルは、赤ん坊があなたたちの子だと説明したわ。だけど、どうしてあなたたちの赤ちゃんを身ごもったのかは言えなかった。ジオはお金が欲しいからだと思っていて、私をけ……軽蔑して……」

「ああ、モリー」サーシャはあわてて友人を抱きしめた。二人とも大変なことになってしまった。

モリーが彼女を強く抱きしめ返し、嗚咽《おえつ》まじりに言った。「でも私は悪くないし、後悔もしていないわ」

サーシャは少し身を引いた。「ここにはほかに誰もいないから、一緒にみじめになりましょうよ」

二人は涙を流しつつ笑った。

一週間後、別荘に足を踏み入れたラファエルは自分を客のようだと思った。キッチンから現れたモリーはグラスとレモネードのピッチャーをのせたトレイを持っていた。着ているのはシンプルなコットンのサンドレスで、茶色の髪はポニーテールにしていた。化粧はせず、裸足《はだし》なので十五歳くらいに見える。

「プールサイドに座りましょうか？」サーシャは階上《うえ》でビデオ通話中だけど、ヘリコプターの音は聞こえたはずだから、すぐに下りてくると思うわ」

「妻は誰とおしゃべりしているんだろう？」ラファエルは恨めしげに螺旋《らせん》階段を見た。松葉杖をうまく使えるようになったとはいえ、あの透明な階段をのぼろうとしたら首の骨を折る気がする。

「ドクター・ナルラがカウンセラーとまた会ってみるよう勧めたんですって」

「アレクサンドラは赤ん坊を育てることに悩んでいるのかい？」彼はモリーについてテラスへ出ながらきいた。

「そうじゃないわ。でも、話は彼女から聞いて」モリーが申し訳なさそうにほほえんだ。「私たちはいろいろな話をしてるけど、話さないこともあるの。たとえばあなたのこととか。あなたについてはあたりさわりのない話しかしない。彼女からは不妊治療がうまくいかずにぎくしゃくしていると聞いたけど、詳しくは知らないの」

ラファエルは座り、モリーから手渡された冷たいレモネードを半分飲んだ。「元気かい、赤ん坊は？」

「昨日、看護師が来たわ。順調ですって」彼女がおなかを撫でてほほえんだ。

「君もカウンセラーと話しているんだろう？　不安はないのかい？」

「全然。でも、あの日ジオと会って……」彼女が眉間にしわを寄せた。「この子を産めば人生が変わるのはわかっていたけど、産んだあとはもとの生活に戻れると思っていたの。だけど、違うみたい。あの……」ラファエルを見た。「ジオと話をした？」

「いや」モリーと僕が一緒にいるところに現れたとき、ジオは激昂していた。そして秘書で婚約者の彼女が僕の赤ん坊を妊娠していると誤解し、赤ん坊は僕とサーシャの子だと言われて困惑した。

ラファエルは妻を心の中ではサーシャと呼ぶようになっていた。そうすると彼女を近くに感じられた。

モリーはチーズを欲しがる子犬みたいな顔でラファエルを見つめていた。「部下が連絡しても、ジオからは反応がないんだ。だが問題はないと思う」彼はその言葉をまったく信じていなかったが、モリーに罪悪感を持ってほしくはなかった。

ラファエルといるところをジオに見られるまで、モリーは代理母だと口外しなかった。ジオも赤ん坊のことは黙っていてくれると彼女は断言したが、ラファエルはそうは思わなかった。人の暗黒の部分を見てきた彼は、ジオのような男にとってこういう秘密がどれほど役に立つか知っていた。だからジオに損害を与えられないよう手を打っていた。

「今後、仕事が必要になったら言ってくれ。なにか考えるよ」ラファエルはモリーに約束した。

「ありがとう、でも、仕事は必要じゃないわ。寛大なあなたのおかげで、長い間働かなくてすむもの」モリーがグラスについた水滴を指でなぞり、眉間にしわを寄せた。「赤ちゃんを産んだら、母や妹と一緒に過ごしたい。そうできたらすてきだと思うわ」

モリーは現実的な楽観主義と静かな自信の持ち主だ。彼は思った。そんなところがサーシャに好かれているのだろうか？

「サーシャとはうまくやっているのかい？」

「ええ。ああ、彼女が来た。やっぱりヘリコプターの音が聞こえたのね。じゃあ、あとは二人きりでどうぞ」モリーがあからさまに急いで立ちあがった。

友人とすれ違うとき、彼女は少し気づかわしげだったが、サーシャがうなずくと屋内へ戻った。

ラファエルは、サングラスをかけたサーシャがティッシュを握りしめているのに気づいた。「泣いていたのか？」

「カウンセラーと話していたの」サーシャがティッシュを鼻の下にあてた。髪は下ろし、口紅はつけず、身につけているのは細いストラップのついた緑色の地に黄色の水玉模様のシンプルなサンドレスだ。そして、これまで見た中でもっとも美しかった。

「赤ん坊のことを？」ラファエルは尋ねた。

「ええと……」彼女がため息をついた。「いつもこの時間、東屋《あずまや》にはいい風が吹いているの。そこまで歩けそうかしら？」

道は平坦《へいたん》だったので歩くのは簡単だった。

「一週間後には杖を使えそうだ」八角形をした東屋に着くと、彼は言った。たしかに風は心地よい。そこには寝椅子が二台あり、その間のテーブルには文庫本や日焼けどめ、髪どめ、そしてバターを思わせる黄色の毛糸で編みはじめたなにかが置かれていた。

ラファエルは東屋の柱にもたれてサーシャの横顔を観察した。妻は手すりから海を眺めている。

「ここの暮らしはどうだい？」

「すばらしいわ」彼女が明るい顔になった。「モリーは赤ちゃんが動くのを感じたんですって。私はまだだけど、いつか経験したいわ」

妻が代理母と仲がいいのを脅威に感じてつらくなったものの、彼女の期待に満ちた顔はうれしかった。

「赤ん坊のことは前向きになったかい？　心配はなくなった？」

「まだ少しあるわ」サーシャがもの思いにふけり、口の端を嚙んだ。

「カウンセラーとはなにを話したんだい？」

「いろいろよ」彼女の眉間にしわが寄った。「私、この結婚がうまくいくとは思えないわ。あなたが……」声がとぎれた。

私を愛していないなら？

ラファエルは全身で緊張した。僕は誰も愛せないのか？　それとも単に愛することを恐れているだけか？　不妊を乗り越えられていれば、僕はもっとサーシャに弱いところを見せられていたかもしれない。しかし彼女が距離を置けば置くほど、僕は二人の溝をうめられなくなった。モリーの存在が明らかになると、さらに心に壁をめぐらせた。

「私の本当の姿を知らないなら」サーシャが声を震わせて続けた。

理解するには時間がかかった。その言葉を聞いて、ラファエルは我に返った。「君がどういう人でも責めるつもりはないよ。僕は君を知ることを楽しんでいるからね、サーシャ」

彼女がラファエルに視線をそそいだ。「あなたが私をそう呼ぶのは初めてね」

「気になる？」

「いいえ」声はくぐもっていた。「あなたの声でそう呼ばれるのは好きだわ」

その瞬間、ラファエルは息ができなくなった。そして、妻の唇がまた今にも泣きそうに震えているのに気づいた。「どうしたんだい？」

サーシャが自分の手を見た。「私たちの関係が……あるべき姿になればいいのに。でも試練をくぐり抜けなければ、そうはならない。うまくいくかどうかもわからない」

ラファエルは身を乗り出し、指先で妻の手に触れた。「おいで」

彼女がおそるおそる夫のてのひらに手を置き、引きよせられるままになった。

「時間はある。赤ん坊が生まれてもあわてる必要はないよ」サーシャの手を口へ持っていき、関節にキスをしていく。「僕たちは時間がないと考えすぎなんだ」

「どういう意味？」

「アジアとオーストラリアに開拓のチャンスがありそうなんだ。ジオとの取り引きは消えたわけではないが、契約が成立したわけでもない。万が一に備えて二、三週間アジアに行ってくるよ。君にも来てもらおうと思ったが、ここにいたほうがいいとわかった。今は赤ん坊との絆《きずな》を結んでほしい」

「だけど……」サーシャがラファエルの指を握りしめた。言葉をさがしているようだ。

妻の美しい青い瞳が見られたら、と彼は思った。

「だけど、僕が恋しくなりそうか？」そう言って、サーシャの手を自分のうなじにあてた。彼女が腕の中におさまると、いつものようにキスをする。

サーシャのもう一方の手が胸に触れたとき、ラファエルは動きをとめたが、彼女が押し返すことはなかった。それどころか、てのひらを彼の脇腹から背中にすべらせ、ぴったりと体を寄り添わせた。

ラファエルは頭の中が真っ白になった。松葉杖から離した手で手すりをつかみ、しっかりと踏ん張りながらもう一方の手をサーシャの首にまわす。そしてローマで目を覚ました妻が、まるで見知らぬ人を見るような目を向けたときからしたかったキスをするために、もう少し引きよせた。

驚いたように体をびくりとさせたあと、サーシャが唇を重ねたままうめき声をあげ、全身の力を抜いた。片方の手はラファエルの後頭部の髪をとらえていて、背中の手は下へ向かってヒップを撫でていた。

下腹部の緊張と熱がいっきに高まり、ラファエルの体はかつてないほど強く反応した。

サーシャの唇がさらなるキスを誘うように開き、彼はただ一つのことを考えながら妻をむさぼった。この情熱があるなら、二人が離れ離れになる日はこないのでは？　二人の間にあった不安定ななにかはもはや存在しなかった。彼女の味に酔いしれている間はすべてが正しく、確かで、すばらしかった。

サーシャが絶妙な力加減で下腹部を押しつけ、ラファエルはうなり声をあげた。夫が快楽と苦痛に押しつぶされそうな感覚を好むことを、彼女は正確に覚えているかのようだった。彼は妻のヒップに手をあて、腰を動かすよう促した。

両手を使えたら、とラファエルは思った。ひざまずいて妻の脚のつけ根にキスをし、どちらかの寝椅子に横たえて永遠に一つになれたら。

しかし、いまいましいギプスをつけていてはどれもできなかった。

二人が密着した腰を動かす間、ラファエルは手すりを握る手にいっそう力を入れていた。彼のもう一方の手はサーシャのやわらかなヒップをとらえて体に引きよせていたので、彼女の胸が胸をこすり、荒い息がかかるのを感じた。

目の前にいる可憐《かれん》な妻に夢中で求められ、ラファエルは限界まで追いつめられていた。彼女はキスをしながらくぐもった声をあげ、全身全霊を傾けて体を動かしていた。

十代のころのようにのぼりつめそうだとラファエルが思った瞬間、サーシャは震え、頭を後ろにやって小さな歓喜の叫び声をあげた。ぐったりした彼女を支えるために、ラファエルはヒップをつかんでいた手を腰にまわした。

「私……」声は不安定だった。彼女がラファエルの胸に両手をついた。「あなたも一緒にのぼりつめると思った」

「もう少しでそうなるところだったよ」彼はサーシャの背中を撫でた。「だが、僕はじらしながら君をのぼりつめさせるのが好きなんだ」

「理解できないわ」

「いつから――」

「じらすことがどういう意味かは知っているわ。でも、どっちを制御しているの？　私？　あなた？」

「両方だ。どれだけ耐えられるかが楽しいんだ。もちろん、さっきのは楽しくない。何週間も欲求不満が続きそうだよ」

愉快そうな声をもらしたものの、サーシャが考えこむような表情になり、ラファエルはサングラスが憎らしくなった。妻はなにを考えているんだ？

「寝椅子に行くのを手伝ってくれるなら、君と一緒にのぼりつめられる」期待をこめて誘ってみた。

「いいえ」サーシャがうつむき、彼からはキャラメル色の地毛が生えてきている頭頂部しか見えなくなった。それでもベッドのほうに目をやる彼女の姿は、距離を測っているかのようだった。

「どうしてだい？　モリーに見られるのが心配か？　寝椅子は手すりより下にある」ここの壁の下半分は風を通すために目の細かな格子状になっていた。

「それとも僕とのセックスを覚えていないからか?」

性的ではない緊張がサーシャの体に走った。彼女は抵抗しているのだ。それはなぜ?

「サーシャ」

驚いたようにサーシャが顔を上げた。

「したくないならかまわない。大丈夫だ」欲求不満はなんとかできる。「だが知っておいてほしい。初めて結ばれたときも、僕たちはまったくの他人同士だった。お互いの名前さえ知らなかったんだ」

唇を開いた妻はいたずらっぽく愉快そうにも、悲痛そうにも見えて、彼は動揺した。

「覚えているかい?」

「えっ? いいえ」サーシャが松葉杖を拾おうとかがんだ。「夕食を一緒にどう? 今日はモリーの当番なの。食べるなら彼女に知らせないと」

サーシャは何年も前に解決しておくべきだった問題と少しずつ折り合いをつけていた。というより、頭ではわかっていても心が受け入れなかった事実を受け入れていた。既婚男性との情事は私のせいではなかった。彼は問題をかかえた十代の私を利用し、妊娠がわかると被害者のふりをして逃げたのだ。

秘密裏に出産したリビーをパトリシアの養子にすると決めたのは、そうするしかなかったからだ。当時の私は自分の状況と将来をできる限り考えて選択した。だからその決断を恥じる必要はない。

リビーと話すモリーの声を聞いていると、本当にいいことをしたのだと思える。

ある日、サーシャがプールサイドでのんびりしていたとき、モリーがやってきて言った。「ママと電話で話したわ。ジオが会いに来たんですって。彼は家族の写真を見て、あなたがリビーの生みの親だと気づいたらしいの」

「なんですって？」サングラスをかけたまま、サーシャは立ちあがった。「ラファエルがその話を聞いたらどうしよう」

「ジオは言わないわ。リビーにも言わないと思う。私とビデオ通話するあの子を見て好感を持っていたから、おかしなまねはしないはずよ」

それでも、サーシャは秘密が暴露されるという不安を追い払えなかった。

ラファエルとビデオ通話をしたとき、彼女はいつギリシアへ帰ってくるのか夫に尋ねた。

「少なくとも一週間はこっちにいるよ。ギプスがはずれて快適になった。どうしてだ？　僕が恋しくなったのかい？」

冗談っぽく言われたのに、サーシャはその質問に驚いて答えられなかった。これまで夫から愛情の確認をされたことはなかった。

しかし離れて暮らす今、二人はより深い会話をするようになっていた。彼女は赤ん坊のことを話し、生まれるのを心待ちにしていた。すると彼は、養母か実母が生きていて孫に会えればよかったと言った。

以前のビデオ通話で、サーシャはなぜそこまでして会社を拡大するのかと夫に尋ねた。

〝恨みがあるからだ〟ラファエルが答えた。

サーシャはまだパソコンの画面を見られなかったので、声だけを聞いていた。

〝十七歳だった僕がある日、会社に行ったときのことだ。地元のろくでなしに暴力をふるわれて、父は息ができない状態だった。駆けよると僕も床に倒され、父が心臓発作を起こしているのに気づいた。だが連中は僕から携帯電話を取りあげ、固定電話の線を引き抜いた。僕が助けを求めても、ビルにいたどの人も救急車を呼んでくれなかったよ。やつらが先に僕たちを助けないように脅していたんだ〟

〝ひどい〟

〝ああ。やっと救急車を呼んだときには、父は事切れていた。しかし僕は死んでいなかったから、連中に思い知らせてやった〟

ラファエルに恋しいのかともう一度きかれて、サーシャは今度は素直に認めた。「ええ、あなたが恋しいの」夫と話すたびにそう思っていた。

「僕もだ。君にそばにいてほしい」ラファエルの声が疲れているように聞こえた。「君がいれば、みな退屈せずにすむしね」

「あなたもそうなの？」夫の憂鬱な気分を解消してあげたくて、サーシャは軽口をたたいた。

「そうだよ」ラファエルが答えた。「ところで僕はシャワーから出たばかりで、タオル一枚しか身につけていないんだ。君は？」彼の声が低く思わせぶりになり、サーシャは腿の間が脈打った。

唾をのみこむ。「サンドレスを着ているわ」

「それだけかい？」

「ショーツも」

「自分の部屋にいるのかい？　一人で」

窓の外に目をやると、モリーが東屋にいるのが見えた。サーシャは急いで階段を上がって寝室に向かった。「今、寝室に入ったわ」彼女は息を切らしながら答えた。

「鍵をかけずにドアに寄りかかって、ショーツを足首まで下ろすんだ」

「どうして？」興奮でぞくぞくするのを感じながら、サーシャはきいた。

「君ができるだけ脚を広げたときに、僕の手が足首をつかんでいると想像しやすいためにだ。僕が君の前にひざまずき、脚のつけ根に触れる君の指にキスをしていると。今なにをしている？　教えてくれ」

「あの……」レースのショーツを下ろすと、サーシャは興奮が増すのを感じた。「あなたはなにをしているの？」

「タオルを取って、今回は前ほど献身的に尽くすのはやめようと考えているところだ」

サーシャは固いドアに後頭部を押しつけた。

「自分で脚のつけ根に触れているのかい？　なにをしているのか、正確に教えてくれ」ラファエルがビロードそっくりの声で促した。「僕が君の目の前で床に座りながらなにをしているのか、正確に教えてあげるから」

夫はみだらなことばかり口にしたけれど、サーシャはいやだとは思わなかった。数分もしないうちに、彼女はこらえきれずに嗚咽をもらした。一万キロ以上離れていても、ラファエルには逆らえなかった。

ラファエルの歓喜の声が耳に響くと、サーシャは荒い息を吐きながら唇にやさしい笑みを浮かべた。距離が離れていても彼を近くに感じた。

「君を本当に取り戻したら、一週間はベッドから出られないだろうな」ラファエルがよく知っている声で約束した。その声は、サーシャが同じ喜びの余韻にひたっているときによく耳にしたものだった。

ジオに知っていることを利用するつもりがあるかどうか彼女が考えているうちに、夫の声は聞こえなくなった。

一週間後の朝、ラファエルからまた電話があった。

「どうしたの？　アテネに戻ってくるんじゃなかった？」

「ジオがようやく電話に出た」

「あなたに会えると思ってたのに」

「うれしいね。だがもし彼が契約書にサインするとなれば、総力戦になると思う。会いに行くのは君のことだけを考えられるようになってからにするよ」

待って、とサーシャは言おうとしたけれど、電話は切れたあとだった。

10

ラファエルは契約書にサインをした。ジオはラファエルほどパートナー契約を必要としていなかったが、もし今回の取り引きから手を引けばラファエルがほかの誰かを見つけて自分に対抗すると考えていた。だからラファエルは腹立ちを抑えつけ、契約に踏みきった。

再度の交渉と代理出産を暴露するという脅迫をラファエルは覚悟していたものの、ジオはモリーの名前を出すことも、ようすを尋ねることもなかった。

その態度には驚かなかった。どうやら二人の婚約は偽りのようで、ラファエルはモリーの代わりにジオに皮肉をぶつけた。彼女はすてきな女性なので、ジオはもっと大切にするべきだと。

とはいえ契約が成立した結果、ラファエルは三十五歳までの目標だった成功を手にした。その事実は最高の満足感をもたらすはずだった。彼は急いでアテネに戻り、新たな仕事に取りかかったが、会議と決断の数にいらだつばかりだった。いつもなら意欲がわくのに、妻に会いたくてたまらなかった。

やっとの思いで妻に会いに行ったときには二カ月ぶりというありさまだった。サーシャは夫のところに来たいと言ったが、ラファエルは妻を迎えに行きたかった。モリーの妊娠は二十四週目に入り、赤ん坊はうれしそうに動いては彼に存在を知らせていた。

うれしそうなどと考えるとは、いつから僕は家庭的な男になったんだ？　それなら次は恋に落ちる番だ。スーツを脱ぎながら、彼は思った。優先順位は確実に変化していたが、一年前や数カ月前ほど不安にはならなかった。

サーシャの記憶喪失はもちろん心配だったが、二人は長い間悩まされてきたすれ違いを解決する道を見つけつつあった。ある意味では記憶喪失が役に立ったのかもしれない。セックスは脇に置いて、無視してきた根本的な問題に取り組まざるをえなかったからだ。ラファエルは人を寄せつけないところや、もっともつらい記憶を話そうとしないといった自らの過ちを少しずつ認めていた。

サーシャを受け入れるのは危険だとしても、信頼とは双方向でなければならない。信頼を得たいなら、こちらも信頼しなくては。彼女にはまだ謎に包まれた部分があるが、あらためて知るにつれ、僕は前にも増して惹《ひ》かれている。最近の妻は穏やかでより繊細だ。

ラファエルはいっそうサーシャを大切に思うようになっていた。二人で赤ん坊とともに家に戻る日が待ちきれなかった。

携帯電話に妻の名前が表示され、彼は応答した。

「わかっているよ。家にあるものをもう少し取ってくる。それから――」

「モリーが出血したの」サーシャの声は震えていた。「看護師が来て、ヘリコプターがこっちへ向かっているわ。アテネの病院で会いましょう」

「赤ん坊は？」

「わからないわ、ラファエル。なぜこんなことが続くのかわからない！　どうして私は赤ちゃんを持つことを許されないの？」ナイフのように鋭い言葉には恐怖がにじんでいた。さらには過去に味わった敗北感もこもっていて、ラファエルはぞっとした。

「アレクサンドラ」意識して呼び方をもとに戻したわけではなかったが、本能的に自分が話している相手の状態がわかった。「記憶が戻ったのか？」

「いいえ」彼女が泣き出した。「私は忘れようとしていただけ。でも――」

「君は記憶を失っていなかったのか？　今まで僕に嘘《うそ》をついていたのか？」

「ラファエル」サーシャの口調が静かになった。

「やめてくれ」彼は言った。今は無理だ。二人の子が危険にさらされているのだから。「病院で会おう」

電話を切っても憤怒《ふんぬ》のあまりなにも考えられず、身動きもできなかった。

そばにいた秘書のティノが声をかけた。「病院という言葉が聞こえましたが、私にできることはありますか？」

ラファエルの鈍った脳がふたたび動き出した。

「ある。運転手にヘリポートではなく、アテネ市内へ行くと伝えてほしい」そして病院の名前を告げた。

それから、なぜかモリーの母親に知らせなくてはと思った。ラファエルは苦労して彼女の電話番号を見つけた。

電話に出たパトリシアの声はうわの空だった。

「アレクサンドラの夫のラファエルです。モリーが病院に運ばれたと伝えたくて――」

「ジオと電話で話したところよ」パトリシアが話をさえぎって言った。「彼が私たちのために航空券の手配をしてくれたの。今すぐ家を出れば、十二時間後にはそちらに着くと思うわ」

ジオはいったいどうやって知ったんだ？　モリーから聞いたのか？　そんなことはどうでもいい。大事なのはパトリシアとモリーの妹が病院に来ることだ。「なにかあったら、この番号に連絡すればいいですか？」ラファエルは尋ねた。

「ありがとう。またあとで会いましょう」

助産師のパトリシアは緊急事態に慣れているようだった。だが今回、病院に運ばれたのは彼女の娘だ。

途方もない不安とともに罪悪感がこみあげた。彼はモリーをよく知らないが、好感は持っていた。だが、妻が嘘をついていたと彼女は知っていたのか？

モリーとサーシャがどれほど親しかったかを考えれば、知っていたに違いない。そう考えるとラファエルはさらに腹がたち、裏切られたという気持ちでいっぱいのまま行動を起こした。アテネ市内へ行く間も怒りは煮えたぎっていた。モリーはちょうど病院へ到着したところで、彼は専用の待合室に案内された。サーシャはすでにそこにいた。身につけたウエストを絞るデザインのサンドレスは、ボタンが一つとめられていなかった。

青ざめた顔の彼女がこちらを見て固まった。ラファエルは相反する衝動に駆られた。駆けよって妻をなぐさめ、彼女のしなやかな体を感じたかった。しかし同時に怒りや恨みもつのっていて、彼女を見るのもつらかった。

「ギプスがはずれたのね」

「そう言っただろう。なにがあった？　モリーは転んだのか？」

「いいえ。モリーは元気だったわ」サーシャがしゃくりあげた。「私たち、話をしていたの。彼女はジオのことで悩んでいて、少し泣いて……それから立ちあがって出血に気づいたの」

涙をぬぐう妻の手は震えていた。

「私はヘリコプターと看護師を呼んだ。彼女も一緒に病院へ来ているわ。胎盤剥離《はくり》かもしれないって。胎盤が、は……はがれてる――」

「わかった」ラファエルは声を荒らげるどころか妻を直視できなかった。数歩で彼女のそばへ行き、自分の胸へ引きよせる。サーシャが震えながら彼にしがみつき、嗚咽《おえつ》をこらえた。

まるで海に投げ出されたかのように、二人は長い間立ったまま抱き合っていた。希望にすがり、医師がやってくるまで緊張を解かなかった。

「胎児の生命兆候《バイタル》は良好で、出血も落ち着いていますうまくいけば一、二週間は持ちそうですが、出産は早くなるでしょう。肺の発達を助けるため、ステロイドの投与を開始しました。また軽い鎮静剤も投与しましたので、お会いになるときモリーは眠っているでしょう。今は病室にいます」

「モリーのお母さんにも話してもらえますか？」ラファエルは医師に頼んだ。「彼女はここに向かっていますが、知らせを待ち望んでいるでしょうから」そしてパトリシアの携帯番号を医師に伝えた。

「ありがとう。あんな話、もう一度繰り返せるとは思えないから」サーシャが言った。

妻をアレクサンドラと呼ぶべきだろうか？　彼は誰と話しているのかわからなかった。長い間、妻に堂々と嘘をつかれていた事実が生々しく迫ってきた。今、彼女はふたたび見知らぬ他人に見えた。まるで結婚生活が長い嘘だったかのようだ。

髪を結んでいたリボンをはずして結び直した彼女は、ラファエルの知る女性そのものだった。同じ仕草は何度も見てきた。

「モリーはジオに電話したのかい？」

「電話は私がしたの。あなたが電話を切ったあとに」彼女が答えた。「私のしたことに怒っているのはわかるわ」

「僕に責任があることなのに、君はジオに協力を求めた。その点には怒っている」ラファエルは硬い声で言った。「怒っているという言葉では、二カ月間嘘をつかれていた気持ちは言い表せない。電話でじゃれ合っているときも、君は優越感を楽しんでいたのか？」

長い間、彼女は無言でラファエルを見つめていた。それからまばたきをし、震える声で言った。「私はあなたのように権力に興奮したりしないわ」

「ザモスご夫妻ですか？」看護師が顔をのぞかせた。「ミス・ブルックスに会えますが、短時間でお願いします。今は休まないといけませんから」

モリーは病院のベッドに横たわっていた。毛布の下からはさまざまなチューブやコードが出ていた。

「モリー?」サーシャが親しげに彼女の髪を払った。

「大丈夫?」

モリーが目を閉じたまま答えた。「ええ。赤ちゃんも無事よ。でも入院する必要があるんですって」

毛布の下から手を出し、ラファエルに手招きした。

「あなたが私にも腹をたてているのはわかってる。でも……」手を伸ばして彼の手を取ろうとする。

ラファエルがモリーの手を握ると、彼女は彼の手を自分のおなかにあてた。コットンの入院着とモリーのぬくもりを通し、てのひらに軽い衝撃を感じた。

ラファエルは息をのんだ。

畏敬の念のこもった視線を妻に向けると、彼女の顔には羨望と悲しみが浮かんでいた。妻はこれを僕に与えたかったのだ。ほかのことでは嘘をついていたかもしれないが、この子を自分で産みたかったという気持ちは本物だった。

サーシャが苦悩をかすかなほほえみでごまかし、ベッド脇に置かれたモリーの携帯電話を指さした。

「なにかあったら電話して。数ブロック先のアパートメントにいるから。また来るわ」

「わかったわ」モリーは眠そうにまばたきをした。

「大丈夫よ、サーシャ」

「ええ」サーシャはそう言ったものの、ラファエルを見る目には絶望しか映っていなかった。彼女もすべてを失うかもしれないと思っているのだろう。

互いを含めたすべてを。

アテネのアパートメントには寝室が一つしかなかった。ここは夜遅くまで街にいるときのための住まいだった。ラファエルが買ってきたテイクアウト料理を並べている間に、サーシャはやわらかいジョギング用パンツと長袖のシャツに着替えた。

テーブルに向かいながらウーゾという酒を一杯飲みほし、ラファエルが注《つ》いだ白ワインのグラスを受け取る。けれど、皿に盛られたスブラキという串焼き料理にはまったく興味がなかった。「あなたが別荘にいる間に言おうと思ってたんだけど、あなたはアジアに行ってしまったから」

「電話で話すなんてありえない」ラファエルが冷たく言った。「ローマできいたときに本当のことを言ってほしかった」

サーシャの心は重苦しかった。自業自得だ。

「私が悪いのはわかってる。私を許せないのも。でもあなたは私を笑ったわ、ラファエル」そう言っただけで、胸に刺すような痛みが走った。

「いつの話だ？」ラファエルは自分の食事を無視し、少し足を引きずりながら歩いていた。それを除けば結婚したころの彼に戻っていた。とてつもなくすてきで、筋肉質で、たくましい男性に。

「私があなたを愛してるって言ったときに」

「僕は笑っていない」

「笑ったわ。私が愛してるって言ったら、モリーを愛してると言うと思ったって。そして笑ったのよ」

「あれはそんなことを思った自分を笑ったんだ」ラファエルが焦った顔で説明した。「だからといって、記憶喪失だと言って僕をだましていい理由にはならないぞ」

「理由じゃないわ。きっかけだったの。両親をちょっとからかうつもりだったんだけど、手に負えなくなって」サーシャは歩きまわるのをやめた。合理的な理由をさがし、過去から逃げるのではなく、ラファエルに向き直った。「十六歳のとき、私はハンボルトの友人に誘惑された結果妊娠して、子供を産むために家出したの。そのとき一緒に暮らしていたのがモリーと彼女の母親だった。パトリシアは私の子を養子にしてくれた。モリーの妹のリビーは私の娘なの」

ラファエルは身動き一つせずに立っていた。

サーシャは唾をのみこみ、腕を組んだ。「だから妊娠できなかったとき、すごく動揺したの。前は努力せずにできたんだから、またできるはずだった」

「どうして言ってくれなかった？」

「なんて言えばいいのかわからなかったの」真実だったけれど、それがすべてではなかった。彼女は震える息をついた。「誰にも言わなかったのは心が痛かったからよ、ラファエル。あなたに打ち明けることはおろか、思い返すこともできなかった。私たちにはどちらも相手に言えないことがあったわ。あなたは私を好きだとは言ったけど、妻が既婚男性と不倫していたと知っても、本当に気持ちは変わらなかった？」

「相手の男はいくつだったんだ？」

「三十一歳だったわ」

「それで君は十六歳？　それは不倫とは言わないよ、アレクサンドラ」

サーシャはたじろいだ。愛称で呼ぶ夫の声はとてもやさしかったのに、もとに戻ったのがいやだった。

「わかってる。でも、無理やりだったわけじゃないの。私は彼を拒まなかった。恋をしていると思ってた。ハンボルトの友人と関係を持ってあの男をいらいらさせたかったの。けれどあの男には、売春婦と呼ばれただけだった」彼女は眉をこすった。

「ハンボルトは知っていたのか？　なのにやめさせなかったのか？　お母さんはなにをしていた？」

「母は知っていたと決して認めないでしょうね。そんなことは問題じゃない。妊娠したとき、私は未成年だったから、ハンボルトが生まれた子供を利用するのはわかっていたわ。その前に中絶させたかもしれないけど、とにかく赤ん坊を家に連れて帰ったとしても、いいことはなにもなかったと思う」

「それで家出したのか。子供を産むために」

サーシャはうなずいた。「モリーの母親のパトリシアは私の世話をしてくれ、弁護士を雇って子供の父親に親権を放棄させた。彼はリビーのために信託財産を設定してくれたけど、父親だと明かすなという条件をつけたわ。それも秘密にしたかった理由だった。もし私に子供がいることをパパラッチがかぎつけたら、あれこれさぐるでしょう？　そうなったら自分の存在も明るみに出るという恐怖心から、リビーの父親はハンボルトをある程度抑えていてくれたの」

「だが、その男のせいで君は苦しんだんだろう？　ハンボルトとともに逮捕されるべきだ」

「そのとおりね。でも今このことが公になったら、多くの人が苦しむし、リビーの人生はだいなしになるわ。あの子がパパラッチに追いまわされるなんて間違ってる。それに私の出産に手を貸したパトリシアを、ハンボルトは絶対に許さない。きっと彼女のキャリアをめちゃくちゃにしてリビーの親権を争うはずよ。彼が勝てるとは思わないけど、嫌がらせにはなると思うの」

ラファエルが悪態をつき、手で顔をこすった。

サーシャは夫にどんな反応を期待していたかわからなかった。許し？　それとも理解？

沈黙は続き、彼女は十トンの岩が胸にのしかかった気分だった。私が隠していた内容を考えれば、やっぱりチャンスはなかったのだ。ラファエルは人を信じることを教わらなかったのに、私は彼が寄せてくれたわずかな信頼を裏切ってしまった。

「それで全部か？」ラファエルが不信感をにじませながら尋ねた。

「ええ」

「いつでも話すことはできたじゃないか」彼がきつい口調で言って手を振りまわした。

「いつ話せばよかったの、ラファエル？　子供を産んでほしいとあなたに言われて、断ったら離婚されると思ったとき？」声は打ちひしがれていた。

「僕は離婚するとは言ってない」

「でも、そういうつもりだったでしょう？　結婚したとき、あなたは後継者が必要だと言った。私も子供が欲しかった。あなたとの赤ちゃんが」サーシャは病院の方角に手を振った。「でも、妊娠がこんなに大変とは思わなかったわ。いろいろしてくれるあなたが私に願ったのは妊娠だけだったのに、私にはそれができなかった。どうして自分が罰を受けている気分になるのかも恥ずかしすぎて言えなかった」

ラファエルがかぶりを振った。「君は――」

「いいえ、聞いて。一度だけでいいの、お願い。クルーザーでモリーに会ったときは、リビーのことを言わせたくなかった。あのときリビーの存在をあなたに明かせなかったのは、あなたとの結婚生活を、あなたを信じていなかったからだと思う」

ラファエルが腹に一発食らったように息を吸った。

「何度も言おうと思ったわ。けれど事故の前、愛してると告白した私に、あなたはそんなものは約束してないと言った。そういう人にどうして秘密にしていた過去を打ち明けられる？　私はなにも覚えていないふりをして逃げるしかなかった。そうすれば離婚できると思っていたのに、あなたは自分について私の知らないことを話しはじめた。ベッドをともにするとき、何度、全面戦争をしている気分になったか。あなたは私を征服して興奮していると思ったから。まさか、欲望を抑えている自分に興奮しているとは思わなかったわ」

「そうなのか？」ラファエルの顎がゆるんだ。

「別荘ではやっと二人の距離が縮まったと思っていたの。でも記憶をなくしていないと言ったら、全部がだいなしになるとわかっていたから言うのを先延ばしにした。間違っているのはわかっていた。だけど、前の結婚生活には戻れなかったの。どうすれば結婚生活を続けられるのか、私にはわからない」不安がつのり、声がつまった。「わ……私たち、その方法がわかるまで休戦できない――」

ラファエルの前では泣き崩れられなかった。

「もう休むわ」サーシャは寝室に駆けこみ、ドアを閉めた。

ラファエルはあとを追おうとしたが、かちりと鍵が閉まる音がした。ため息をつき、持っていた飲み物を見た。呆然《ぼうぜん》として考えがまとまらず、グラスを置く。僕はいったいなにを聞いたのだろう？

脳裏には記憶がとりとめもなく浮かんでは消えていた。モリーがヨットに現れたときの妻の反応。僕がモリーに妹のことを尋ねたら、妻が体をこわばらせたこと。モリーが熱意と愛情をこめて答えるのを、彼女が神妙に聞いていたこと。

二人が結婚した日、邸宅に集まっていた見知らぬ人たちのことも思い出した。その場に、サーシャがおびえた目で見ていた男がいた。ラファエルはその男を敵とみなし、ひと目で嫌いになった。

モリーの妊娠が確認されると、サーシャは動揺し、妊娠十二週のエコー検査では取り乱した。彼はそれをすべて不妊治療のせいで片づけていた。しかし妻がどういう経験をしてきたのかについては、まったく知らなかった。

知ろうともしなかった。

僕は恥を知るべきだ。サーシャのためになんでもしていると自負していたが、実際は違った。いちばん大事なことをわかっていなかった。

とはいえ、もし彼女が言っていたように僕を愛しているのなら、どうして記憶喪失だと嘘をついた？僕に腹をたてていたから？　そうかもしれない。だが、彼女は二カ月も続けた。それは愛とは正反対の行為に思える――恨みにさえ。

ラファエルは疲れはてていたが、立ちつくし呆然としていた。数時間後、サーシャが動きまわる音がした。

寝室から出てきた彼女は、アパートメントに来て着替えた服装のままだった。彼も眠れずにいたのを見て、びくりとする。「パトリシアとリビーがアテネに到着したんですって。病院に向かっているそうよ」サンダルをはき、ハンドバッグを持った。

ラファエルは無言で車のキーを取った。彼が地下駐車場から車を出すまで、二人は口をきかなかった。

「サングラスって……」サーシャがハンドバッグの中をさがしながらつぶやいた。

グローブボックスから自分のサングラスを取り出し、ラファエルは彼女に渡した。

「ありがとう」


病院に着くと、二人は専用の待合室で待つよう言われた。モリーは眠っていたが、パトリシアとリビーはようすを見ることを許された。ジオも待合室に通された。その顔や服には長旅の跡があった。

ラファエルは短くジオにうなずいた。二人の過去二回の交流は冷ややかそのものだった。パートナー契約に関するやりとりは、それぞれの会社のプロジェクトチームに任されていた。

「あの、パトリシアはあなたに――」サーシャがジオに話しかけた。

「話は聞いたよ」彼が一度だけうなずく。

「ジオは知っていたのか？」ラファエルはまたしてもかっとなってサーシャに尋ねた。

「数週間前、彼はパトリシアの家に行って知ったのよ」サーシャがかばうように説明した。

数週間前？

「僕たちがサインするために会う前にか？」ラファ

エルはジオに尋ねた。ジオはサーシャの秘密を世間に暴露して、僕を破滅させることができた。なのに僕をたたきのめすのではなく、誠意をもってサインした。だがジオに感謝すべきだとわかっていても、自分以外の全員が嘘をついていた気がしてばかばかしくなった。「外の空気を吸ってくる」ラファエルはつぶやき、ドアを開けた。

その拍子に女性にぶつかりそうになり、相手が驚いてたじろいだ。女性は五十代くらいで、ブルネットの髪に白いものがまじっていた。笑みが浮かぶと、ラファエルの脳裏にモリーの顔がよぎった。

「はじめまして、ラファエル。パトリシアよ」女性が手を差し出し、彼の手をしっかりと握った。

「会えてうれしいです」ラファエルはなんとか返事をしたが、パトリシアはすでに彼の横を通り過ぎようとしていた。

「サーシャ」そして感極まった顔でラファエルの妻を抱きしめる。

サーシャもパトリシアを抱きしめ返したが、誰もいないドア口を見た。「あの子は——」

「リビーはモリーのそばにいたがったの。一日か二日、待ってあげて」彼女がサーシャの髪を撫《な》でた。「モリーを心配しているし、姉が妊娠していたことを知らなくて動揺しているから」

ラファエルは、ジオが自分の横を通ってドアから出ていくのにぼんやりと気づいた。くしゃくしゃになったサーシャの顔から目を離せなかった。

胸がつぶれそうだった。妻の苦悩が自身の苦悩と重なり、心がばらばらになりかけた。

これが愛なのだ、とラファエルは悟った。もしサーシャを大切に思っていなかったら、彼女の心の痛みをこれほど痛切には感じなかっただろう。妻を抱きしめたいが、彼女はパトリシアにしがみついている。痛みを吐き出す必要があるのだと理解できても、つらくてたまらなかった。

ラファエルは待合室の外に出てドアを閉め、壁にもたれた。

サーシャが十六歳のときに背負った責任の大きさが身にしみた。彼女については、母親と継父に反感を抱く甘やかされた資産家令嬢で、束縛されるのが嫌いなのだろうと軽く考えていた。思春期に大人並みの決断を下し、父親の会社を引き継いだ自分の苦労など理解されるとは思ってもいなかった。

しかし十六歳のサーシャは守ってくれるべき大人たちに守ってもらえず、ひそかに赤ん坊を身ごもった。そして自分のような目にあわせないため、赤ん坊を愛情深く育ててくれる家庭を見つけた。それでも我が子を手放したことがつらすぎて、十年以上も誰にも話せなかった。

ラファエルはサーシャの痛みを想像し、両手を膝の上に置いて耐えた。

イタリア製の靴とオーダーメイドのズボンの裾が視界に入り、顔を上げるとジオがいた。

「モリーが目を覚ましました。母親に会いたがっています」彼がラファエルの横を通り過ぎて待合室のドアをノックし、それだけ言ってドアを閉めると、ラファエルに話しかけた。「パトリシアとリビーのためにホテルに部屋を取った。頃合いを見て二人を連れていく」

「僕も部屋を取ってある」ラファエルはいらだった。

「仕事が一つ減ったじゃないか」ジオが口角を上げた。「僕にモリーの家族の世話をさせてほしい」

だが、モリーの妹はモリーの家族というだけではない。数時間前、サーシャから過去を打ち明けられたときは実感が持てなかった。しかし今は現実だと感じていた。まわりにいる人も、心の痛みも現実だと。

パトリシアが待合室から出てきてラファエルの腕

を取った。「家で休むようサーシャを説得してくれないかしら？　リビーも寝かせないと。明日また話しましょう」

待合室ではサーシャがソファで腕を組み、体を折り曲げていた。呆然とした顔に涙は流れていないけれど、泣きはらしたあとなのがわかった。

「サーシャ？」ラファエルは妻の頬を包みこもうとしたが、彼女が身を引いて顔をそむけた。

「あの子は私に会いたくないんですって。でも、もう自分からは立ち去りたくない。廊下にいて、あの子がいなくなったら教えてくれる？」

彼はソファに座り、サーシャを膝の上に引きよせたかった。モリーの病室へ行って、リビーを呼んできたかった。だがあの子は今日、生みの母親に会うとも姉が入院するとも思わず、学校に行く支度をしたのだろう。父親の違うきょうだいが生まれようとしているなど、まったく知らなかったのだ。

ラファエルが待合室のドアを出たとき、モリーの病室からジオとパトリシアが出てきた。彼女が小声でなにか言い、十代らしき少女に手を伸ばす。

リビーを見るのは初めてだった。まるで過去の妻を見ているようだ。リビーはサーシャと同じくらい髪が長く、体はほっそりしていて、優美な顔立ちをしていた。髪を払う仕草もそっくりだった。深い青の瞳がちらりとラファエルを見た。

そして彼が自分を見つめているのに気づいて眉根を寄せ、いぶかしげな表情を浮かべた。

ラファエルの全身に純粋で無垢《むく》な愛情が駆けめぐった。サーシャ、あの子は美しいよ。君の子は。見においで。

いや、妻にはなにも言うまい。エレベーターのドアが閉まってから、ラファエルは待合室に戻った。

11

サーシャはラファエルの腕の中で眠りに落ちたという曖昧な記憶とともに目覚めた。しかし、アパートメントには誰もいなかった。彼は会社にいて、昼過ぎに病院に寄るというメールを残していた。

モリーからのメールも届いていた。

〈おなかの子は宙返りしてるわ。お医者さまは変わりないって。ママは、私が休めるように面会時間を調整しなきゃって言ってる。外出禁止にされた気分よ。門限を破ったわけでもないのにね！〉

サーシャはメールを返した。

〈ケーキと爪やすりを差し入れするわね〉

病院にはパトリシアとリビーがすでに来ているようだったので、ゆっくりと身支度をした。二人はあまり寝ていなかったらしく、サーシャが病院に着いたときにはすでにホテルへ帰ったあとだった。

「リビーは私にも怒ってるの」ジオが姿を消した開けっ放しのドアのほうに視線を向けながら、モリーがサーシャをなぐさめた。

「どうして彼はまだここにいるの？」

「わからないわ。いたいからいるんじゃないかしら」モリーが答えた。

眠そうな友人を見て、サーシャはまたあとで来ると約束して病室を出た。そして雑誌と保湿クリーム、トランプ、十代向けのボードゲームを買った。

それからアパートメントに帰り、カウンセラーとビデオ通話をした。「時間がすべての傷を癒やすとは限らないわ。でも、すべての傷には癒える時間が必要なの」

たしかに。サーシャはカウンセラーの言うとおりだと思った。

病室に戻ってもパトリシアとリビーには会えなかったけれど、ラファエルが遅くなると言っていたので、モリーと一緒に夕食をとった。

「あなたたち二人の関係は大丈夫そう？」モリーがやさしく尋ねた。

「わからないわ。私がしたことは許されることじゃないもの。自分には愛される資格がないと思っていたから、愛を返してくれない人と結婚してもかまわなかったんだけど……」

「サーシャ」モリーが彼女の手を握った。

「私たちのことは心配しないで。今はあなたと赤ちゃんのほうが大事だわ」

「リビーのことも大事？」

「ええ」サーシャはつらい気持ちで認めた。

「あの子もそのうち心を開くわ。そうなったらものすごくうるさいわよ」モリーが楽しげに警告した。

サーシャはそうなってほしかった。

時間は遅々として進まなかった。ラファエルは真夜中まで帰ってこず、彼女は結婚について延々と悩みつづけた。

「会社は問題なかった？」ラファエルがベッドに入ってくると、サーシャはきいた。

「今日は自分のふるまいを正していただけだ」

「ふるまいを？」彼女は頭を上げた。

彼がためらったあとで言った。「君と僕には時間が必要だ」

「そうね」サーシャは枕に頭を戻した。心臓が動きをとめ、また動き出した。

「病院に電話したら、モリーと赤ん坊は元気だそうだ。心配せずに眠るといいよ」

それでもサーシャは心配せずにいられなかった。夫に抱きしめてもらいたかったけれど、二人の関係はあまりに不安定だった。だからラファエルの呼吸が寝息に変わるのを待って腕に触れた。

目を覚ますとラファエルの姿はなく、彼の言葉を反芻《はんすう》しながらまた病院に行く時間になるのを待った。

モリーが入院して三日目、パトリシアとリビーが見舞いを終えて帰るのをサーシャは待合室で待っていた。するとリビーが現れたので、コーヒーを落としそうになった。

十一歳の少女も驚き、目を見開いてサーシャのほかには誰もいない部屋を見まわした。「ここにホットチョコレートがあるって、ママが言ってたの」

「あるわ」サーシャは脇に寄って指さした。「このボタンがそうよ。モリーはどんなようす？」

「検査に行ったわ。ママも一緒についていったの」リビーが肩をすくめ、カップをサーバーに置いてボタンを押した。「ママはあなたがここにいると知っていて、私に行くよう言ったのね」

「私に会いたくなかった？」サーシャは心を強く持った。

「わかんない」リビーが満杯のカップを手に取り、ひと口飲んであまりの熱さに驚いた。

「ミルクを入れたら冷めるわ」サーシャは冷蔵庫を指示した。

少女が首を振ってカップを脇に置き、ドアに目をやった。

ああ、もう。私が大人にならないと。

赤ん坊だった娘を最後に見たときのような気持ちでは、そうするのは簡単ではなかった。

「パトリシア――いいえ、あなたのママがあなたを養子にした理由を説明してくれたと思うけど、知りたいことがあるならなんでもきいてちょうだい」

「どうして会いに来てくれなかったの？」リビーが腕組みをした。「ママは会いに来ていいって言ったんでしょう？」

単刀直入とはこのことだ。「怖かったの」サーシャは簡潔に答えた。「あなたと離れたのが悲しかったし、つらすぎた。でも会ったら、あなたとママに私の二番目の父がなにかすると心配だったの」

リビーが鼻にしわを寄せた。「それって私を忘れたかったってこと？」

「そうじゃないわ。モリーと私はこれからもずっと友達だし、あなたのママとも会って話をすると思うし。もしよければ、あなたとも会いたい」

「ときどき赤ちゃんを見せてくれる？」

「ええ！　もちろん！　会ってあげて」矢継ぎ早にしゃべってから我に返った。「私に怒ってるのはわかるけど――」

「怒ってないよ、今は」リビーが生意気そうな笑みを浮かべた。「私、会いたがらなかったあなたにがっかりしてたの。私に財産があるのを隠してたママには腹がたつし、姉さんは妊娠してると言わなかったし、ジオだって婚約のことで嘘《うそ》をついてた。彼は私に付添人になってもいいって言ったんだから。ラファエルは信用できそうだけど、もしかしたら彼も私に嘘をついてるのかも」

「どんな嘘を？　彼と話したの？」

「昨日、姉さんが起きるのを待ってる間に二人でトランプをしたの。私が離婚するのってきいたら、彼は離婚したくないけど、うまくいかない場合を考えて嘘はつきたくないと言った。自分もみんなに嘘をつかれてきたから、私の気持ちもわかるって。もしあなたたちが離婚したら、赤ちゃんと姉さんが報われないと私は言ったわ」

「そう」サーシャは痛む胸をさすり、もう一度言ってほしいと頼みたいのを我慢した。彼は離婚したくないって言ったの？　本当に？

「姉さんがあなたの代理母になった理由はなんとなくわかる。それにあなたが私を自分で育てる代わりに、ママに預けたことを責めるつもりもない。私だって子育てで人生を棒に振りたくないし。ときどきベビーシッターをしてるんだけど、ずっと子供に気を配ってないといけないんだ。それよりも旅行やコンサートに行ったり、医者になったりするほうがいいな」

「そうね。お母さんの仕事を見て、医学に興味を持ったの？」

「うん。ときどきママの医学書を読むの。姉さんは手術で出産するかもしれないって言ってた。手術って聞くとグロテスクな感じだけど、母親も赤ちゃんも助かるならいいよね」

その話は恐ろしかったものの、サーシャはリビーの夢を聞いて誇りに思わずにいられなかった。「あなたならきっといいお医者さんになるわ」

「ありがとう」そう言ったときのリビーは急に年相応に見えた。若く、傷つきやすく、おびえてさえいるように。「二人とも無事だといいけど」

「ああ、リビー」サーシャは自分のマグカップを置いて少女を抱きしめた。「私も同じ気持ちよ」

リビーの腕が体にまわされると、サーシャは胸がいっぱいになり、目に涙が浮かんだ。そのとき、ドアのところで人の気配がした。

ラファエルが二人を見ていた。

この一週間はラファエルの人生でもっともつらい期間だった。しかし、今回守るのは自分の命ではなかった。少なくとも過去に不利な状況に置かれたときは、なにかすることがあった。

だが、モリーを助けるためにできることはなかった。我が子を救うためにできることも、サーシャの不安を軽くする言葉をかけることもできなかった。

それが恐ろしかった。彼のような男には拷問だった。できるのは仕事に打ちこみ、おなかの赤ん坊に会いに行く時間を作るくらいだった。

どうか赤ん坊が無事に生まれますように。そうでなければ、どうやって生きていけばいいのかわからない。サーシャは完全に打ちのめされるだろう。誰もが傷つくに違いない。ラファエルは今の事態を招いたことに罪悪感を抱いていた。

〝あなたとの結婚生活を、あなたを信じていなかったからだと思う〟

彼はサーシャの言葉を完全に理解していた。赤ん坊が生まれなければ、僕たちの関係は終わるだろう。そう思うと打ちのめされた。

その日もラファエルは仕事に追われ、疲れはててアパートメントに戻った。結婚を続けたいなら闘わなければならない。そうしなければ会社も存続できない。

「まだ起きていたのか」薄暗い居間のテレビの前にいるサーシャに、彼は驚いた。

彼女がテレビの電源を切り、アイマスクをはずした。「眠れなかったの。今日はパトリシアとリビーと夕食をとったわ。モリーは一両日中に出産になりそうと言ってた」

「そうか」ラファエルは飲み物を注《つ》ぎ、ソファの反対側に座った。

「パトリシアは病院を信頼しているそうよ。希望すれば出産のリスクを話してもらえるんですって」

彼は悪態をつき、飲み物をテーブルに置いた。

「パトリシアがこんなふうに娘を心配しながら病院にいるのは間違っている。僕はなにをしてしまったんだ、サーシャ」両膝に肘をついて頭をかかえる。

「とんでもないことをしたんじゃないか？」

「ラファエル」彼女が夫のそばに膝をついて背中を撫《な》でた。「自分を責めるのは私の仕事だわ」

「ふざけないでくれ」

「ふざけてないわ」腕をラファエルの肩にまわし、サーシャが彼にもたれかかった。彼女の頭頂部が首に触れる。「これは共同作業なの。モリーは危険を承知してたし、パトリシアもわかってた。カウンセリングを受ける間、誰もやめようとは言わなかったのはこんな事態を予測していなかったからだわ」

「もしモリーが自分の子を持てなかったらどうする？　もし――」

「気持ちはわかるわ。でも、未来を見通せないなら私たちは自分を許さないと。間違いを犯すことや、手に入らないものを欲しがることも」

「僕は君との子供が欲しい」

「そうね。私もよ」

ラファエルはサーシャを膝の上に抱きよせた。彼女が片方の手を夫の首にまわし、もう一方の手を彼の胸にあてた。二人は長い間抱き合っていた。

「子供が欲しかったのは君との関係に確信が持てなかったからなんだ」気は進まなかったが、ラファエルは恥じ入りつつ認めた。「そういう状態は気に入らなかった。君に出会ってからはよけいにいやになった。初めて見た瞬間から、君のことで頭はいっぱいだったから」

サーシャが顔を上げ、話しはじめようとしたが、ラファエルは彼女の首に手をあて、最後まで言わせてくれと無言で頼んだ。

「君には僕を破滅させる力があるとすぐにわかったから、僕は抵抗した。モリーに嫉妬をつのらせるまで、君は僕を愛していると言わなかっただろう？」

「彼女が誰なのか言えばよかったわ」サーシャが彼のシャツに顔を押しつけてつぶやいた。

「ああ、そうしてほしかった。二人ともいろいろすべきだった。僕たちは自分で作った地獄の中にいるんだ。それなら、自分自身と互いを許してここから前に進まなければ。僕は君を失いたくないんだ、サーシャ。君がいなくなったら僕が壊れてしまうからではなく、君が僕の生きる理由だから」

サーシャが顔を上げて夫の顎を手で包みこみ、震える声で言った。「あなたを愛してるわ。これからもずっと愛してる。でも――」

ラファエルは親指で妻の唇をなぞった。「待ってくれ」彼は目を閉じ、愛の告白を全身で受けとめた。嗚咽《おえつ》をもらし、彼女が夫の肩に顔をうずめた。

「愛とは負の財産だ」彼はサーシャの髪に指をくぐらせた。「だから人を途方もなく無防備にしてしまう。だがこの数日、僕は無力感を抱きながらも、君と赤ん坊のためなら命を捧《ささ》げてもいいと思っていた。愛とは力でもあると僕は理解していなかったよ。君に愛してると言われると力がわいて、自分が正しく無敵だと思える。どうか君もそれを感じてくれないか、サーシャ。僕も君を愛してるから。永遠に」

サーシャは泣きたくなかった。しかしこの涙は心を開き、愛を受け入れるために必要だった。彼女は夫の言葉を信じるしかなかった。それが二人の関係を新しく始める唯一の方法だった。さらに大切なのは、ラファエルに愛される資格があると信じることだ。心を捧げることに誰よりも慎重な彼は、めったにない特別な贈り物をくれた。

「サーシャ？　僕が愛を伝えるのに時間がかかりすぎたのはわかっているが――」

彼女は言った。「あなたの愛を感じさせて」

ラファエルが息をのみ、より強くサーシャを抱きしめた。彼の言った力が伝わってくると自分には愛される資格があり、正しいことをしていると思えた。

数分後、サーシャは顔を上げ、涙に濡《ぬ》れた唇をラファエルの唇に押しつけた。つつしみ深くやさしい許しのキスは、徐々に大胆に情熱的に変わっていった。彼女は夢中になるあまり、夫の体の重みに押しつぶされそうになるまでソファに横たえられたことに気づかなかった。

それでも二人はキスを続け、愛をそそぎこんで心を癒やした。サーシャが知る限り、もっとも甘く、もっとも愛に満ちたキスだった。

しかし、二人の愛の力は欲望も刺激していた。サーシャの全身が熱をおび、ラファエルの興奮の証《あかし》が彼女の腿に押しつけられると、彼が頭を上げてとてつもなく美しい瞳で問いかけた。

サーシャの答えは夫のシャツのボタンをはずすことだった。満足げなうなり声がラファエルの喉からもれる。

「サーシャ、君は僕にとってかけがえのない存在だ。はっきり伝えなかったことを後悔しているよ」

「じゃあ、証明して」サーシャはささやいた。

ラファエルはそうした。ゆっくりとサーシャの服を脱がせ、素肌にうやうやしくキスをしてどれほどいとおしいかを告げた。「君に会いたかった」

「私も」サーシャは夫のシャツを肌から押しのけ、背を弓なりにして熱い体に体を密着させた。「あなたが欲しいの。あなたを感じたいわ」

「僕は永遠に君のものだ」そしてラファエルはサーシャの奥深くに入り、身を震わせた。彼女も夫の脈動が伝わってくるとわななないた。「僕は自制心を自慢にしてきたが、今は久しぶりすぎて君が欲しくてたまらない」

サーシャが彼の背中と肩を撫でた。「遠慮はいらないわ」

「いや、必要なら僕は一生でも待つ」

そう言ってラファエルは待った。ほとんど動かず、愛情をこめてサーシャの全身を愛撫《あいぶ》し、キスをして彼女を夫の味と舌に酔いしれさせた。

この瞬間、世界には二人以外になにも存在しなかった。サーシャとラファエルは一心同体になって動き、輝かしい至福を一緒にめざした。何物も二人を引き離すことはできなかった。

のぼりつめたあと、喜びの余韻にひたっていたときも、二人は固く結ばれたままだった。

「言っておきたいことがあるんだ」モリーを担当している医療チームの話を聞きに向かう前、ラファエルが言った。

「なにかしら?」サーシャは緊張した。病院側は明日の朝、帝王切開で赤ん坊を取り出したいと考えており、今日はその手順と注意事項とリスクについて説明を受ける予定だった。

「赤ん坊が生まれたら、ハンボルトは君に財産を返すだろうが、その際に異議を唱えそうだから、僕の弁護士に君の財産から手を引かせる書類を作成させた。君のお母さんは引き続き生活費を受け取り、特定の不動産だけを使用できるが、君には誕生日とクリスマスに手紙でしか連絡できないようにする。こうすればハンボルトは君の人生に二度と干渉できない」

サーシャはどう反応していいかわからなかった。両親の問題には対処しなければならないと思っていたものの、モリーを心配するあまり、なにもできずにいた。

「ハンボルトがおとなしく従えば、こちらも少し譲歩してもいい」ラファエルが続けた。「だがもしあの男が少しでも君を支配しようとしたら、思いつく限りの罪で訴えてやる。変更してほしいことがあるなら言ってくれ」

サーシャはなにも変更したくなかった。彼女は娘を取り戻し、夫を味方にできていた。モリーとパトリシアを守るためならなんでもするつもりだった。ジオもまた、彼女たちのために闘う用意があるようだった。

「母からの連絡は年に一度でもじゅうぶんだと思うわ。それ以外は完璧。ありがとう」

翌朝、帝王切開のためにストレッチャーに乗せられたモリーの病室に、初めて全員が集まった。パトリシアはソファでリビーを抱きしめていて、ジオはまるで復讐《ふくしゅう》の天使のような顔をしていた。

サーシャは勇敢にも、昨日医師たちから聞いたことを思い出さずにいた。それでも、モリーがいなくなるとすぐにラファエルの腕の中に身を投げ出した。数分は数時間にも感じられた。一時間がたつころには全員が落ち着きを失い、時計とドアと互いに何度も目をやった。

そこへ医師が現れた。「おめでとう。息子さんが生まれました。モリーは休んでいるところです。手術はとてもうまくいきましたが、赤ん坊には数週間、集中治療が必要です。数分後に会えますよ」

サーシャは立っていられなくなり、ラファエルに支えられた。夫から離れ、パトリシアとリビーと笑い合い、抱きしめ合う。ジオがサーシャを抱きしめたあと、ラファエルの手を握って言った。「二人とも本当におめでとう」

それから、サーシャとラファエルは小児科で我が子と初めて会った。アティカスはリビーが考えてくれた名前だった。

アティカスは保育器の温かな光の下、タツノオトシゴ模様の毛布にくるまれていた。おむつをつけた体は本当に小さい。手足はサーシャの小指よりも細く、足と腕と口からはコードが伸びていた。

看護師がやさしく言った。「消毒をしてガウンを着てくれたら、この子と肌と肌を合わせて抱っこできますよ」

サーシャがガウンを着て戻ってくると、ラファエルが保育器の中に大きな手を入れていた。小さな小さな指が人さし指の先にしがみついている。彼の目には愛と涙が浮かんでいた。

「ああ、これこそ愛だわ」サーシャはつぶやいて、ラファエルの顔を包みこみ、唇にキスをした。そして椅子に座ると、ガウンの前を開いて息子を抱きよせた。

サーシャが涙を流していると、ラファエルが二人の横に膝をついたのがわかった。夫が温かな手を彼女の腿に置き、母と子を見つめる。その瞬間、サーシャの心は今までにない安らぎに包まれた。生まれて初めて経験する感覚だった。

これほどの幸せを味わうのは初めてだった。けれどサーシャもラファエルもわかっていた。赤ん坊は未熟児だから、この先は苦労が待ち受けているに違いない。でも、なんとかなる。きっとそうなると彼女は信じていた。

そして、そのとおりになった。

エピローグ

一年後、ニューヨーク

「やあ」現れたサーシャに、シャワーを浴びていたラファエルが言った。「まだパトリシアの部屋にいると思っていたよ」

「今夜は私たちの取り組みを発表する夜だから、時間とおりに行くのが礼儀だと思うの」

パトリシアの協力を得て、サーシャは十代専門のクリニックや生殖医療を支援するための基金を設立した。今夜のイベントにリビーは出席しない。数カ月前、二人は親子関係を公表したけれど、少女は注目の的になるより異父弟を独り占めしたがった。

リビーとは一、二カ月に一度会う程度だったが、アティカスはいつも、もっと頻繁に訪ねるモリーに見せるのと同じ笑みを異父姉に向けた。赤ん坊はまだ体重も少なく発育も遅れていたが、早産だったことを考えると問題はなかった。お座りやはいはいもできるし、おもちゃをたたきながら意味のない言葉をしゃべることもできた。

「パトリシアの部屋にいるときにすごい話を聞いたの。リビーがパトリシアに、ヨーロッパで私たちやモリーと過ごす時間を増やせるよう、家庭学習《ホームスクール》にできないかと言ったんですって」

「いいじゃないか。リビーが帰ってしまうと、いつもなにかが欠けたような気がするからね」

「パトリシアも同じ意見だと思うわ。ジオは彼女たちのためにジェノヴァに家を買いたいそうよ。パトリシアは乗り気なんだけど、彼女にはまだ担当している妊婦さんたちがいるの。そのうちの一人は若い女性で、赤ん坊を養子に出したいらしいわ。パトリシアから、その子に会ってみてと言われたんだけど……」

「僕の心の準備はできている」ラファエルが石鹸《せっけん》をサーシャの体にすべらせた。「だが君は？」

「うまくいかないかもしれなくても、私も会ってみたいわ」生まれて数カ月は大変だったが、今のアティカスは元気いっぱいだ。ラファエルは夜遅くまで働く日もある一方、妻や息子と過ごすために休みを取ることも多くなった。リビーが一緒のときはよくヨットに乗った。モリーとジオも時間が合えば来てくれた。「私、もう一人赤ちゃんが欲しいわ。我が子を抱っこするチャンスが増えるもの。今夜はモリーも来るから、アティカスをめぐる競争率がすごく高くなりそう」

「今、ここでつくりたいのかい？」ラファエルがシャワー室のタイル張りの床を指さした。

「いいえ」サーシャは夫の腰に腕をまわし、泡が流れ落ちる彼の体に身を寄せた。興奮の証《あかし》が彼女のおなかに触れる。

ラファエルが言った。「なぜここへ来たのか、まだ答えてくれていないぞ」

「外を眺めていたら、ずっと前にあったパーティを思い出したの。とてもすてきな男性が私をダンスとベッドに誘ってくれたのを。それからどうなったと思う？」

「結婚したんだ」欲望と喜びと挑戦がラファエルの目の中で輝いた。「もう一度同じことをしてもいい」

「私たちには子供がいるのよ！　それにみんな、私たちが来るのを待っているんだから急がないと」

「いや、僕がしたいのは結婚のほうだよ」彼がサーシャを壁に押しつけ、からかうようなキスをした。

「僕と結婚してくれるかい、サーシャ？」

「残りの人生、毎年そうすれば、あなたが私にとってどれほど大切な存在か知ってもらえるわね」

「僕も同じ気持ちだ」ラファエルが真剣に言った。「だが毎年、結婚式をあげたいとは思わない。ジオとモリーのように、ちゃんとした結婚式をあげたいんだ。愛する人たちがいる中で、一生愛し合うと誓いたい」

「ラファエル」サーシャは湯ではなく涙で濡れたまつげをしばたたいた。「そんなことができるならすごく幸せだわ」

「僕もだ。もっと早く思いつけばよかったよ」ラファエルがもう一度彼女にキスをした。「しかし、僕たちが急がないといけないのは君の言うとおりだ。いつもより激しいと思うから注意してくれ」

ラファエルが両膝をつくと、サーシャの笑い声はすぐさま歓喜の声に変わった。

ハーレクイン®

コウノトリが来ない結婚
2024年8月5日発行

著　　者	ダニー・コリンズ
訳　　者	久保奈緒実（くぼ　なおみ）
発 行 人	鈴木幸辰
発 行 所	株式会社ハーパーコリンズ・ジャパン 東京都千代田区大手町 1-5-1 電話 04-2951-2000（注文） 0570-008091（読者サービス係）
印刷・製本	大日本印刷株式会社 東京都新宿区市谷加賀町 1-1-1

ISBN978-4-596-63901-1 C0297

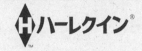

"ハーレクイン"の話題の文庫

毎月4点刊行、お手ごろ文庫！

7月刊 好評発売中！

作家イメージカラー入りの美麗装丁♥

『奪われた贈り物』

ミシェル・リード

ジョアンナとイタリア人銀行頭取サンドロの結婚生活は今や破綻していた。同居していた妹の死で、抱えてしまった借金に困り果てた彼女は夫に助けを求め…。

(新書 初版：R-1486)

『愛だけが見えなくて』

ルーシー・モンロー

ギリシア人大富豪ディミトリに愛を捧げたのに。アレクサンドラが妊娠を告げると、別れを切り出されたばかりか、ほかの男と寝ていただろうと責められて…。

(新書 初版：R-2029)

『幸せのそばに』

スーザン・フォックス

不幸な事故で大怪我をし、妹を亡くしたコリーン。周囲の誤解から妹の子供たちにまで嫌われ絶望する。そんな彼女を救ったのは、子供たちの伯父ケイドだった。

(新書 初版：I-1530)

『ちぎれたハート』

ダイアナ・パーマー

ノリーンの初恋の人、外科医ラモンが従妹と結婚してしまった。その従妹が不慮の死を遂げ、ノリーンは彼に憎まれ続けることに…。読み継がれるD・パーマーの伝説的な感動作！

(新書 初版：D-761)

※ハーレクインSP文庫は文庫コーナーでお求めください。